KB179606

To.

_____

From.

_____

즐거워 보여도
슬픔을 삼키는
사람이라

조종하

즐거움과 슬픔
그 한 가운데,
감정의 기원 속에서.

차
례

2부 슬픔을 삼키는

3부   사람이라

@ 작가의 속내를 그대로 드러내기 위해 표기와 맞춤법은 작가 마음입니다.

@ Writer's Pick♪ 작가와 글의 심상이 연결된 음악들. 함께 들어요, 우리.

마음의 정문

무슨 말을 해야 할까.

서문을 쓰지 않고 책이 세상의 빛을 보게 되면, 막상 허전할 것 같아 일단은 써보기로 마음먹었지만, 도저히 모르겠다. 게다가 이미 제목 "즐거워 보여도 슬픔을 삼키는 사람이라"라는 문장에서 나라는 사람을 확, 하고 드러냈으니 더더욱 갈피가 잡히지 않는다.

음, 제목의 의미?

이런 부분은 원래 다들 북 토크에서 무게 잡고 말하던데, 나는 아직 유명 작가가 아니니 여기서 말하는 게 어떨까. 프롤로그라는 거, 약간 이런 핑계를 대며 써대기 좋은 공간인 느낌이 괜스레 나기도 하고.

대부분 나를 처음 본 사람은 인간 조종하를 매우 밝고 잘 웃는, 꽤 긍정적인 사람이라고 생각하는 경향이 있다. (이 부분은 정말 감사하게 생각한다!) 아마도 누군가 처음 만날 때, 늘 친절하게 대하고 싶다는 내 마음가짐이 비추어져 그리 보이는 것도 있지만 ─작가라는 사실을 알고 만난다는 전제하에─ 분명 첫 책, "시, 공간"으로 인한 이미지도 무시하지 못할 듯싶다. 그 책은 시와 더불어 내 마음속, 깊은 곳에 숨어 있는 따뜻함이라는 녀석을 얇은 보자기에 넣어, 마치 한약을 짜내듯, 에세이를 더해 써 내려간 책이니까. 그래서인지 실제 나에 대해 잘 모르신 채, 책으로만 접하신 분들은 나를 마냥 따뜻하고 부드러운 사람으로만 생각하시는 분들도 있다. 물론 그러한 부분도 나의 일면이기 때문에 그것을 부정하고 싶지는 않다. 오히려 너무나 감사할 따름이지.

하지만 솔직히 말하자면, 나는 그저 따뜻한 이미지만 지닌 사람은 아닌 듯하다. 오히려 그와 반대인 부분들, 인간으로서 별로인 부분들도 너무 그득한 인간이다. 물론 누구나 이 세상에 자신을 드러낼 때, 좋은 모습만 보이고 싶은 것이 사회적 본능이겠지만, 글쎄, 지금의 나로서는 그냥 나를 드러내고 싶다는 본능이 자주 돌출되곤 한다.

배우로서 한 엔터테인먼트에 소속되어 있었을 때, 이미지에 관하여 회사 실장님께 지겹게 들은 이야기가 있다. 이미지라는 것은 설령 그것이 가짜라 한들, 대중은 보이는 것만 믿는다고. 그러니 엔터산업에서는 가짜로 사는 것이 더 이득이 된다는 이야기를 내게 끊임없이 반복했다. 사실 이 말도 틀린 말은 아니라고 생각한다. 누구나 자신만의 페르소나를 보호복으로 둘러쓴 채, 이 각박하고 복잡하며 어지러운 세상을 살아가니까. 분명 살아가는 데 있어 그게 더 편할지도 모르겠다. 아니, 꼭 필요한 부분이겠지. 다만 나에게는 오롯이 페르소나만 둘러쓰고 내보이며 살아간다는 것은 그다지 맘에 들지 않는다. 단순히 유명해지고 돈을 많이 벌기 위해서, 라는 의미만으로도 충분할지 모르겠지만, 음, 나에게 '그렇게만 사는 것'은 너무 답답한 일인 듯싶다. 이 생각 자체가 겉멋일지 모르겠지만 '그렇게만 사는 삶'을 추구하는 건, 진짜의 멋이 없는 것 같기도 하고.

그래서 그런지 글이라는 분야에 있어서만큼은, 나의 어둡고 적나라한 이야기조차 이 세상에 내보이고 싶었다. 나는 그저 보이는 것만이 전부인 사람이 아니라는 것을. 물론 삶의 목적은 따뜻한 사람이 되는 것이라 ─정말 감사하게도─ 그렇게 봐주시는 분들이 존재하지만, 사실 나는 그리 좋은 사람이 아닐지도 모른다고. 부족하고 초췌하고 영악하며 때때로 인간답지 않고 추하며, 조급해지는 나의 구린 모습 때문에 고통을 느끼는 사람이라는 것을, 이 책에서 적나라하게 드러내고 싶었다.

이 책을 구상했을 때부터, "시, 공간"의 작가였던 나 자신과는 조금 동떨어진 채로 작업을 시작했다. 그만큼 아직 세상에 내보이지 않은, 새로운 나의 모습을 세상에 기록하고 싶었달까. 게다가 삶에 대해 깊게 생각하는 시간이 많은 개똥 철학가인 인간이다 보니, 언제 내 삶이 끝날지 모르겠다는 생각을 자주 해서 그런지도 모르겠다. 우리 삶에는 늘 끝이 존재하지만, 그 순간이 언제 어느 순간에 다가올지는 아무도 모르니까. 최소한 내가 살아있는 동안에 솔직한 이야기를 쓰고 싶었고, 특히 다시는 돌아 오지 않을 지금, 이 나이 때, 나의 이야기를 글과 책으로 남기고 싶었다.

더해서 원고를 쓰기 시작하면서부터 어떻게 글들을 배치할까, 고민을 많이 했다. 특유의 강박증을 지닌 인간이라, 이 부분은 나를 심히 지치게 했다. 그래서 나라는 인간의 어쩔 수 없는 특성이라 이해하고 첫 책처럼 글을 쓴 시간의 연대로 배치해야겠다고 마음을 먹었다. 어느 하나를 버리지 못해, 시를 처음 쓰기 시작했을 때 썼던 오래된 시조차 수록하는 것을 선택한 책이었기에 두 번째 책도 스스로 만든 틀에 끼워 넣고 싶었나 보다. 하지만 원고 작업하는 시간을 많이 보내며 내가 썼던 산문들을 시간의 연대로 정리하다 보니 문득 생각이 들었다.

'나는 생각보다 이렇게 정리된 사람이 아니라는,'

책의 제목인 "즐거워 보여도 슬픔을 삼키는 사람이라"라는 말처럼 나는 여러 가지 '이명(異名)'을 마음속에 지닌 사람이라는 생각이 나를 스쳤다. 그래서 그냥 막 쓰기로 마음먹었다. 하루에도 수천 가지의 가면을 바꿔 쓰는 나의 마음속의 여러 면을 그냥 떠오르는 대로 적어 내는 게 그나마 더 솔직할 것 같아서. 그럼에도 이 완벽주의란 성격 때문에 나름 정리하며 목차를 구성하는 나를 발견하면서 폼의 줄다리기에 끊임없이 시달렸다. 폼을 빼려 하거나 반대로 폼을 더 주려거나, 하는. 하지만 무엇보다도 이 책을 집필하면서 신경 쓴 것은 책의 완벽한 구성보다는 시인도 배우도 아닌 '인간 조종하'의 모습을 솔직하게 담아내는 데 집중했다는 것을 이해해 주시면 감사할 듯하다.

복잡한 세상 속에서, 복잡한 인연 속에서, 복잡한 삶 속에서, 복잡한 인간으로 살아가지만 제대로 된 인간이 되고 싶어 애쓰는 한 인간의 복잡한 마음. 그 덩어리를 있는 그대로 즐기시기를.

P.S. 아, 마지막으로 이 말 한마디는 꼭 더하고 싶다.

이 부족한 영혼을 지닌 나의 글을 봐주시는
당신의 영혼은 참 아름답다는 말.
그저 아름다운 영혼으로 보아주셔서 감사하다는 말.

이런, 써놓고 보니 두 마디 말이라 부끄럽다. 아무튼, 읽는 내내 맘 편히 따라오시길.

●

즐
거
워

보
여
도

여행

이병률 작가님이었던가.

여행의 참뜻은 '여기서 행복할 것'이라는 말씀을 하신 적이 있다.

나도 떠날 준비를 하고 있다. 그것도 매년. 행복하기 위해서 떠나는 것이냐고 누군가 묻는다면? 글쎄. 아마 내게 있어 여행은 행복하고 말고의 그런 멋있는 의미와는 거리가 멀다. 음…. 뭐랄까. 여행은 나에게 있어 밀린 '방학숙제' 스럽달까. 개학 전날 밤, "해야지, 해야지." 하면서 미루고 미뤄, 서랍 속에 넣어둔 노트를 꺼내 급한 마음으로 마지못해 시작하는 그런. 떠나야지, 떠나야지 하면서 끝까지 버티다, 이런저런 핑계란 핑계로 돌려막기를 시전! 하다 결국, 마지못해 갚으러 떠나는 것이다.

나란 인간이 어떤 인간인가. 워낙 태생이 게으른 베짱이와 가깝지 않은가. 서 있으면 앉고 싶고, 앉아있으면 눕고 싶고, 눕고 있으면 자고 싶어 하는 나. (오죽하면 우리 엄마께서, 저승가면 충분히 잘 텐데 넌 왜 이리 귀찮아하냐, 하셨을까) 하지만 문제가 그뿐인가. 차라리 조르바스러운 (소설 "그리스인 조르바"의 주인공으로 오롯이 현재의 욕망에 충실한 인물) 베짱이면 맘 편히 놀 텐데, 이놈의 완벽주의 성향 때문에 막상 놀 시간과 공간을 주면, 생각 속에 둘러싸여 제대로 놀지도 못 하는 인간이 바로 나다. 그러다 정작 일해야 할 순간에는 게을러지는 것에 대하여 갈망하다, 이내 조급함과 압박감에 괴로워하는, 녹지 않는 뫼비우스의 똥을 품속에서 굴리는 쇠똥구리류 인간.

이런 나란 인간에게 있어 여행을 정의한다면 '**(마지못해) 여기서 행동할 것**'으로 말하련다. 어쨌든 여행은 떠나는 순간부터 —억지로라도— 뭔가 행동하게 되지 않는가. 괜스레 기분상 바로 돌아오기도 뭐하니 움직이고, 이동하고, 행동하고, 부딪히고, 좌절하고, 느껴보는 연속적인 장면에 나를 쑤셔 넣게 되어 버린다.

사실 그 쑤셔 넣는 행위의 참맛은 그 어수선한 것들을 정리하고 다시 돌아오는 끝점에 있다. 집으로 돌아와 마침내 찍어보는 끝점 그리고 휴식. 기나긴 여정 끝에 오랜만에 맛보는 엔딩씬 & 에필로그. 그때의 그 달콤함이란. 그 달콤함을 삶의 매 순간 느끼면 좋을 텐데, 익숙한 것에 소중함을 잘 느끼지 못하는 나란 인간은 그 맛과 향을 여행의 끝에 도달해야만 얻게 되니 어찌 떠나지 않을 수 있으리오. 행복을 찾지 못할 때 마지막으로 찾는 보험, 즉 여기서 행복하지 못하는 나 같은 인간을 위한 '**(마지못해) 여기서 행동이라도 해라**' 패키지인 것이다.

근래 들어 무엇을 해도 집중이 잘되지 않는다. 어떠한 감정에도 동요하지 않는 이상한 상태에 놓여있는 상태. 그 말인즉슨 내게 있어 생각의 뫼비우스 똥이 너무나 커져 통제되지 않는다는 의미다. 이 증상은 미뤄 놓은 방학 숙제를 해야 할 때가 왔다는 신호다. 그래서 틈나는 대로, 방 한구석에 파묻어 둔 여행용 캐리어의 입을 조금씩 들여다보고 있다. 물론 오랜 시간 관리하지 않은 대가로 스케일링이 오랜 시간 걸릴 듯하지만, 오늘 밤은 미루지 말고 캐리어의 입을 열고, 구석구석 닦고, 끝끝내 닫아줘야겠다. 입을 벌린 채 간신히 숨만 쉬어대기 위하여 개구기를 낀 채로 살고 싶지는 않으니까.

여 기서,

행 동할 시간이니까.

Writer's Pick♪ 출발 - 김동률

0

  0은 발음에 따라, 혹은 보이는 모양에 따라 여러 의미를 지닌다. 말 그대로 숫자 0의 모습을 지니기도 하고, '공'이라는 발음으로 부르게 되면 숫자 '공'뿐만 아니라 운동경기에 쓰이는 공도 되거니와 한자로는 각각의 다양한 의미로도 쓰인다. 어떻게 쓰이느냐에 따라 여러 변형과 의미를 지니는 글자이자 발음으로써 특이한 매력을 지니고 있다.

  내가 살아가면서 가장 많이 들었거나 사용했던 0의 의미는 무엇일까. 아마 숫자 '0'에 관한 기록이 가장 많지 않을까. 그중에서도 '노력의 중요성'과 같은 이야기에서 숫자 '0'이 언급되며 사용될 때(물론 돈을 이야기할 때, 숫자 0만큼 의미 있어 보이는 것도 없겠지만!), 유난히 나의 눈에 강하게 각인되어 있다. 이 공간에서는 숫자 '0'의 의미에 관해 가장 강렬했던 기억을 털어놓고 싶다.

  학창 시절, 선생님 혹은 많은 어른은 내게 말했다. 숫자 '0'은 아무것도 없는 것을 의미하는 듯해 무의미하고 불필요해 보이지만, 꾸준한 노력을 통하여 성과를 냈을 때 진정 의미가 있어지는 숫자라고. 내 힘을 모두 소비해 '0'으로 만들며 노력하는 것이야말로 성공한 사람만이 끝내 도달할 수 있는 행위라고 말씀하셨다. 살아가는 내내 100% 혹은 101, 102, 103, 104, 105%, 그 이상까지, 몸 안에 있는 모든 에너지를 활용하고 소진하여 최선을 다해 목표를 성취했을 때, '0'이 가지는 의미가 커지는 것이라고.

  전형적인 학교 교육에 질려 예고 연극영화과에 진학했을 때도 숫자 0에 관한 기억은 비슷했다. ─누구나 한 번쯤 들어봤을 만한─

어떤 무대에서든 100% 이상의 노력과 완벽한 준비를 해야만 무대에서 90% 이상 혹은 100% 이상을 보여줄 수 있다고 배워서, 나는 그 과정이 있어야만 좋은 예술가 혹은 성공한 인간이 될 수 있다고 믿었다. 그래서 아무리 피곤하고 힘들어도, 때로는 소소한 것들을 외면해가면서, 목표만을 향해 내 안의 모든 것을 소진한 채 행해왔다. 오롯이 0이라는 끝, 한 지점에 도달하기 위하여.

멍하니 생각해본다. 과연 이렇게 살아가는 것만이 정답일까. 물론 내가 좋아하는 분야, 잘하고 싶은 일 혹은 살아가는 데 필요한 직업과 위치에서 무언가를 얻기 위해 노력이 필요한 것은 분명 사실이다. 그러니 노력이 지닌 가치 자체에 대해서는 폄하하고 싶은 생각이 전혀 없다. (조금은 다른 이야기지만, 좋은 성과를 얻기 위해서는 물론 운도 필요하다)

하지만 지금의 나는 100% 노력하지 않기로 다짐한다. 이제는 내가 가지고 있는 내 안의 에너지를 0으로 만들고 싶지 않으니까. 지금의 나에게 가장 중요한 것은 좋아하는 것을 즐기면서 하되 그 외에 중요한 것을 챙기며 나를 위한 휴식의 시간을 갖는 것이다. 물론 하나의 목표를 위해 늘 100% 노력을 하면서 사는 삶도 분명 멋있는 삶일지 모르겠지만, 그것이 진짜 건강하게 내 삶을 살아가는 것이냐고, 누군가 묻는다면 나는 무한한 긍정을 할 자신이 없다. 그러니 지금의 나는 늘 여분의 에너지를 조금은 남기며 살아가려 한다. 만약 어떤 한 가지 일에 너무 크게 몰입하여 내 안의 에너지를 늘 100% 소진해 버린다면, 그로 인해 한 가지 일을 제외한 다른 중요한 것들을 놓치게 될 뿐만 아니라 언젠가 제풀에 지쳐 탈진해 버리지 않을까.

에너지를 0으로 만들지 않는 것. 적절하게 체력을 안배하여 약간의 힘을 남겨놓아 오롯이 나를 위해 사용하는 것. 100%의 노력을 하지 않고 8~90%의 노력을 하여 늘 융통성 있고 기민하게 변화할 가능성을 남겨놓는 것. 그러한 방식이 지금의 나라는 인간에게 더 맞는 방식임을 이 나이가 돼서야 겨우 깨달을 수 있었다.

혹자는 인생이 각자의 정답이 존재하는 게임이라 말한다. 지금 내가 정답이라고 생각하는 이 방식도 살아가면서 내내 변화할 것임을 알지만, 그저 적절하게 노력하고 적당하게 게으른 듯, 살아가고 싶다면 욕심이려나. 설령 모든 이가 욕심이라 말할지라도, 나는 당분간 이 방식을 추구하며 유려하게 살아갈 듯싶다.

'0'에 관한 조금 다른 이야기도 한번 더해볼까.

책 "0을 찾아서"의 저자이자 세계적인 수학자 아미르 D, 악젤은 자신의 저서에서 말한다. "내 삶에서 가장 중요한 것은 '제로'이며, 0이란 아무것도 아닌 듯 보이나, 엄청난 무언가를 대표하는 것이자 무한이면서 동시에 비어 있는 것"이라고.

이 인터뷰를 처음 읽었을 때, 수학하면 진저리치는 나와 그가 같은 생각을 했다는 것이 너무 신기했다. 개인적으로 숫자를 얼마나 사랑하면 수학자가 됐을까, 라는 의문을 제쳐두고서라도 유명한 수학자조차 '0'에 관해, 미숙한 나와 같은 생각을 했다니!

내게 있어 '0'은 이상하고 이상하다. 숫자 '0'은 아무것도 없는 수 같지만, 어떤 방향에서 바라보면 무한을 의미하기도 하는 것. 게다가 또 다른 방향에서 바라보면 중간을 뜻하는 녀석. '영'이 아닌 '공'으로 발음하면 또 다른 생각할 것을 던져주는 녀석. 예를 들어,

불교에서 말하는 "공즉시색 색즉시공 – 눈에 보이는 것이 전부가 아니고 모든 것은 끊임없이 변화하기에, 집착할 때 어리석음이 생긴다는 것." 같은 문장에 쓰이는 0, 즉 발음이 같은 공은 또 다른 생각의 씨앗을 심어주기도 하니, 참 신기한데, 아무튼 이상한 녀석.

이러한 것을 보면 '0'이란 녀석은 내게 있어 때때로 정답을 주기도 하며, 허무함을 주기도 하고, 채워야 할 새로운 것을 던져주기도 하는 특이한 녀석이다. '0'이라는 형태의 단순함을 지닌 이 동그란 모양의 녀석이 노력에다 삶에 관한 이야기까지 하게 만들어주었으니. (그래서 니체가 영원회귀를 이야기 한 것일까. 이건 다른 이야기니까 다른 곳에서 하기로하고. 아마 0이 무한한 숫자라서 그런지 글을 쓰는 내내 가지가 자꾸만 뻗어난다)

숫자 0을 제외하고도 0이란 녀석의 매력이 워낙 다양하니, 굴려보고 생각하며 한참을 누워있는데 배에서 꼬르륵 소리가 난다. 아마 내 안에 있는 배고픔의 인내가 0에 도달한 것일까. 100%는커녕, 아무 노력도 하지 않으며 시간을 보낸 듯한데, 먹는 것에 관한 에너지만큼은 자주 0에 도달하는 나 자신이 충전용 배터리가 넣어진 시계 같다는 생각이 든다. 이 공상에 또다시 멍을 때리니, 어디 있는지 모를 시침과 초침이 생각의 뫼비우스 띠를 허'공'에 그려낸다. 무한히 돌아가고 살아가려 하는, 비운 듯 채워져 있는 0처럼.

Writer's Pick♪ Circles - Mac Miller

조심스럽게, 그리고 부드럽게

　얼리어답터는 아니지만, IT 관련 제품을 주문하고 홀로 언박싱 (Unboxing) 놀이를 하던 때였습니다. 겹겹이 포개져 있는 수많은 포장 비닐과 첫 눈맞춤을 하고는, 괜스레 지구의 환경을 걱정하며 떼어 내려 하는데, 그날따라 이상하리만큼 떼어지지 않는 거예요. 근데 그 순간, 갑자기 마음 한편에서 욱하는 마음이 들면서 짜증이 한 움큼 나더라고요. 그래서 온전히 힘으로 세게 여러 번 당겨보다가, 결국 포기한 채로 가위와 칼을 찾고 있었습니다.

　그러다 문득 생각이 들었어요.
　'내가 이걸 제대로 보고 있지 않은 게 아닌가, 보이니까 본다고 착각했던 거지, 제대로 천천히 보고 뜯어내면 달라질 텐데.'
　역시나 그리고 역시나. 제대로 바라보지 않고 무턱대고 원하는 대로 뜯어내려 했을 뿐, 똑바로 보고 떼어내려고 한 것이 아니더군요. 천천히 하나하나 세심하게 건드리니 아주 자연스럽고 부드럽게 떼어졌습니다.

　사람 사는 것도 이와 비슷한 것 같습니다. 일이든, 인간관계든, 마음이든 '제대로' 보며 살아간다는 것은 참으로 어려운 일이더군요. 너무나 바쁘게 변하는 세상 속에서 우리가 본다고 생각했던 것들은 그저 단순히 보였던 것뿐이지, 제대로 보지 못한 순간이 참 많았다는 생각을 합니다.

힘들게만 보였던 일이 사실은 내가 사랑했던 일이 아닌지,
그저 단점만 보이던 사람이 자세히 보면 장점 덩어리가 아니었는지,
그냥 스쳐 가는 마음인 줄 알았던 것이 어쩌면 진심이 아니었는지.

그래서 앞으로는 '제대로' 보며 살아가려 합니다. 앞으로도 살아
가면서 많은 것들을 꽤 자주 놓치겠지만, 그래도 조금 더 나은 인
간으로 버티며 살아가기 위하여 더 집중해서 또렷이 바라보며 살
아가려 합니다.

그냥 바라보는 것이 아니라, 천천히 바라본다는 것이 이리 예쁜
말인 줄 이제야 알았거든요.

Writer's Pick♪ 천천히... 천천히 - 정원영

기도의 효과

　홀로 여행할 때, 우연히 들린 한 사찰에서 한 스님과 이야기한 적이 있다. ─종교에 관하여 무교에, 불가지론자 입장임에도 불구하고─ 그 당시 여러 풍파로 인해 인간관계의 회의를 느끼던 나는, 어리석게도 미워하는 기도의 효과에 대해 여쭈었다.

　"누군가를 미워하는 기도도 효과가 있습니까?"

　스님은 껄껄하고 웃으시며

　"기도라는 게 아이러니한 것이 누군가를 위하는 사랑의 기도를 하면 그 파동이 메아리가 되어 돌아오는 법이지요. 그러나 누군가를 증오하는 기도를 하면 마음 밖으로 나가지를 못하고 내 몸에서 퍼져 나를 썩히게 하는 법이지요. 상대방을 깨우치게 하는 법은 쉬워요. 미워하는 사람에게조차 잘해주어 나에게 미안하게 하는 것과 내가 잘사는 모습을 보이는 게 최고지요.
　이토록 멀쩡한 청년이 왜 그런 기도를 합니까. 인생사 답 없는 문제는 없는 법이에요. 지금도 이렇게 찾아가는 중 아닙니까. 생각이 많아져도, 그래도 그냥 살면 돼요.

　행복해지고 싶지요? 목이 말라야 물이 시원한 법이고 힘든 시기가 있어야 좋은 시기에 감사할 수 있지요.
　웃으며 물어보세요, '행복'에게.
　행복도 자주 안부를 물어야 만나는 법 아니겠습니까?"

하고 답하셨다. 당시에 스님이 해주신 이야기가 너무 좋아, 한동안 노트에 적어 여행하는 동안 되뇌었다. 지금의 나는 내 행복에게 안부를 자주 묻고 있을까. 오늘 밤은 나의 행복에게 안부를 물으며 행복에 다다르길 기도해본다. 온 세상 모두 행복에 이르길 바라며.

Writer's Pick♪ 마크트웨인 (feat.최백호) - 신나는섬

뒤돌아봄

다 지난 일이라 웃으며 이야기할 수 있겠지만, 사실 이별이란 게 좋은 이별이 어딨냐며 누군가는 볼멘소리하겠지만, 내가 만났던 사람들은 다 좋은 추억을 선물했기에 진실로 행복한 길을 가길 바란다고 말한다면 위선일까.

결과가 어떻든 지난날,
함께 좋은 추억을 보냈다는 건
그 시절, 좋은 사람이었을 테니까.

내가 생각하는 좋은 사람이란 뒤돌아볼 줄 아는 이다. 이 생각은 내가 가진 습관으로부터 출발한다. 누군가와 함께 시간을 보내고 끝인사를 한 후, 집으로 향하는 길에서 상대가 잘 가고 있는지 뒷모습과 끝 장면을 확인하는 습관. 신기하게도 나와 만났던 친구들은 첫 만남부터 나와 비슷하게 늘 뒤돌아봤던 사람들이었다는 것.

그래, 모든 시작은 사실 별것 아니다. 상대를 관찰하고 배려해주는 그 마음. 그 마음을 확인하는 순간, 나도 모르게 내 마음 안채에 스며드는 것.

우리가 말하는 마음에 들인다는 것, 좋은 사람이라 맘에 든다는 느낌이 드는 것은 어쩌면 그 조그마한 뒤돌아봄에서 시작되는 것인지도 모른다.

휘익.

Writer's Pick♪ 네가 온다 - 정승환

너무 홀로 돋보이면서 살려 하는 것도
꽤 피곤하고 지쳐 보이는 삶 같아.

나이가 들면서 점점 깨닫는 건
내가 아닌 타인을 돋보이게,
장점이 빛나는 사람으로 만들어주는 것이
나를 사회 속에서 정말 필요한 사람으로
만드는 지름길 같거든.

꽃을 피우는데 잎이 꼭 필요한 것처럼.

공상

가끔 이런 생각을 한다.

우리가 미쳤다고 생각하는 이들이 어쩌면 진실을 전하는 이들이 아닐까. 자신이 외계에서 왔다고 주장하는 이들이나 혹은 초능력이 있다는 사람들. 물론 그중에 대부분은 사기꾼이겠지만 그저, 공상을 해보는 것이다.

예를 들어보자.

한 남자가 나체로 도로를 뛰어다닌다. 그는 남들이 알아듣지 못하는 언어로 소리를 지르며 마구 돌아다니고 있다. 사람들은 필시 미친 사람이라며 손가락질을 해댈 것이다. 하지만 그 사람이 미래를 보는 사람이라면? 몇 초 후에 일어날 자동차사고를, 혹은 다른 대형사고가 미리 보여 그리 행동하는 것이라면? 사고를 막기 위하여 그가 말로 아무리 자세하게 설명한다 한들, 아무도 주목하지 않을 것이다. 그렇기에 그는 나체로, 미친 듯이 소리 지르며 위험을 알리려고 한 것이 아닐까, 하는 공상을 이따금 하곤 한다.

한 분야에 미쳤다는, 무언가를 혁신한 천재들의 방식은 어쩌면 이러한 방식으로 탄생한 것일지도 모르겠다. 즉, 주류인 일반인들 기준에서 정상적이고 일반적인 방법으로는 자신들의 생각을 표현하거나 만족스럽게 전달하지를 못하기에, 조금은 다른 혹은 정신이 미쳐야만 할 수 있는 비주류의 방법을 택하는 것이다. 때로는 우리가 생각했던 비주류가, 비정상의 사람이 혹은 비상식적인 방법이 틀린 것이 아닌 그 이상의 다름일 수 있다는 것.

예술의 시작은 이 점에 있다. 비주류가 새로운 주류를 만들어내듯, 창의적인 생각은 비정상적인 사고에서 이따끔 튀어나와 생각지도 못한 것을 만들어내곤 하니까. 물론 —남들이 다 손가락질하는 지금의 방식이— 슬프게도 살아있는 동안 인정받지 못할지도 모르겠다. 몇 세기 전 조용히 삶을 마감한 후에, 지금 와서 인정받는 예술가들도 많으니까. (사실 살아있는 동안 인정받는 것이 최고다. 누구나 사는 내내 가치를 인정받는 기분이 늘 새롭고 짜릿하겠지) 하지만 분명, 오랜 시간이 흐르고 숙성되어 인정받는 것에는 그것만의 가치와 소중함은 분명 존재한다. 그러니 지금 자신만의 표현방식 혹은 남들이 다 틀렸다 하는 방법이라 한들, 마음 깊은 곳에서부터 자신의 본질과 가치가 분명한 채로 시작하고 발전하며 이어가는 행위라면 필시 언젠가는 누군가 알아줄 날이 오지 않을까, 하는 바람을 감히 무책임하게 가져본다. 그만큼 나는 나를 포함한, 모든 동시대의 예술가들이 인정받기를 마음 깊은 곳에서 늘 응원하고 있다.

달라지고 싶지 않다. 그저 특별해지고 싶다는 이유만으로, 혹은 인정받고 싶다는 이유만으로. 다만, 늘 있는 그대로 나 자신을 잃지 않는 행위를 하는 예술가, 아니 거창하게 '예술가'와 같은 단어를 갖다 붙이지는 않더라도, '나'라는 사람을 —그 누가 무어라 하든— 선명하게 드러내는 인간으로서 세상에 기록되고 싶다.

그래서 난 오늘도 상상과 공상의 터널을 횡보한다, 꽤 그리고 자주.

Writer's Pick♪ Mozart: Fantasy For Piano No.3 In D Minor K.397

책을 읽어야 하는 이유

어느 날, 제게 친구가 물었습니다.

안 그래도 먹고 살기 바쁜 이 세상에 구태여 책을 읽을 필요가 있냐며, 현실적으로 달라지는 것이 크게 없는데 굳이 시간을 써가며 왜 책을 읽어야 하냐고, 꽤 당차게 물어본 적이 있지요. 막상 대답하려 하니, 그 순간에는 명확히 떠오르지 않아 대답을 −독서를 사랑하는 마음만큼− 제대로 하지 못했습니다. 그저 읽고 생각하는 것이 좋았던 저로서는 친구의 말이 기분 나쁘기보다, '독서에 대해 깊게 생각할 기회구나'하는 마음과 함께, 사람이 책을 왜 읽어야 하는가에 대하여 생각을 정리하게 되었습니다.

삶을 살아가면서 부정적 사고나 생각들이 만연한 순간은 누구나 존재합니다. 슬프게도, 그 작용을 멈출 수 있는 건 그리 많지 않고요. 특이하게도 생각이란 녀석은 사람이 자신만의 공간에 갇혀 시야가 좁아질 때 부정적으로 변할 확률이 한층 더 높아지거든요. 특히 예상치 못한 상황이나 경험이 없는 순간에는 나쁜 고정관념과 선입견들이 정서적 불안을 불러일으켜 지치게 합니다. 그리고 그 증상들은 이내 복잡한 생각으로 변해 금세 머릿속이 엉키는 것을 우리는 자주 목격합니다. 그래서 많은 사람은 때때로 복잡한 생각을 멈추기 위해 인간관계를 찾습니다. 마음을 안정시킬 수 있는 충만하고 좋은 인간관계를요. 하지만 그러한 인간관계로 인한 만족감은 한시적이어서 대부분 금방 지나가거나 쉽게 변하기 마련이라, 때때로 사람은 그로 인한 정서적 기복을 느끼기도 합니다.

그런 연유로 인간관계에 지친 사람은 눈을 돌려, 홀로 정신의 안정, 사색, 내면의 깊이를 채울 수 있는 것들을 찾아 나서길 마련입니다. 나이가 들어가면서 더더욱 마찬가지고요. 무엇보다 사색을 통해 진정한 자아를 발견할 때면 마음이 한결 편안해지거든요. 하긴, 살면서 마음의 평안만큼 중요한 것이 어딨을까요.

저는 이러한 인생의 중요한 순간에, 사람에게 적극적으로 도움을 주며 마음을 풍요롭게 해주는 것 중의 하나가 글과 언어 그리고 예술이라는 생각을 합니다. 물론 그러한 것들을 단순한 허울이라고 말하는 사람들도 있지만 제 생각에 그런 사람들은 이미 궁극의 깨달음을 얻은 사람이거나, 살아가면서 필요하다고 생각이 드는 순간들을 무시하며 살아가거나 혹은 그러한 사고조차 하지 못하는 사람일 확률이 높겠지요.

사실 살면서 마음을 채울 수 있는 것이 오로지 독서 –좋은 책을 읽는다는 전제하에– 뿐이라고는 말 못 하겠습니다. 독서를 제외한 많은 방법 또한 존재하겠지요. 게다가 앞서 나온 말처럼 바쁜 사회 속에서 독서보다 먼저 해야 할 수많은 것들이, 많은 사람 앞에 쌓여 있는 것도 사실입니다. 그럼에도 불구하고, 저는 독서를 삶의 습관 중 하나로 꼭 추천해드리고 싶습니다. 독서로 인한 마음의 고양감, 정서적 안정과 사색을 알게 된다면, 쉽게 지나칠 수 있는 세상의 수많은 것을 더 깊고 아름답게 볼 수 있는 시야의 확장 또한 얻게 되니까요. 이것만큼은 분명 독서가 가지고 있는 큰 매력이자 장점이라 생각합니다. 넓은 시야의 확장과 마음의 평안을 위해 저는 이번 삶에서는 **'좋은 독서'라는 행위**를 동반자로 삼고 싶습니다.

써놓고 보니 독서가 좋다고 말하고 싶어 너무 장황하게 정리한 것이 아닐까, 하는 생각이 들기도 하네요. 뭐, 쉽게 말하자면 재 밌잖아요, 책 읽는 거. 그러니, 우리 함께 즐기며 책을 읽어 보아요. 하하.

Writer's Pick♪ Come here - Kath Bloom

좋은 아버지

만약 신이 나에게, 이 세상에서 쓰이는 명칭 혹은 직업이나 지위 중에서 한 가지를 택해 최고의 능력치를 준다고 한다면 난 무슨 단어를 택할까. 귀 얇은 손가락은 가리키는 방향 앞에서 여러 번 흔들리겠지만 아마 결국에는 '아버지'라는 단어를 고르지 않을까.

중학교 3학년, 미래에 대해 끊임없이 생각하던 시기.

학교에서 내어 준 진로계획서의 장래희망 칸에는 그럴듯한 단어를 써넣어야 할 것 같아, 친구들과 한동안 고민에 빠졌었다. 그 시기에 내 친구들은 아마 대부분 전문직을 썼던 것 같다. 하지만 내가 써넣은 것은 '좋은 아버지'라는 단어 하나. 물론 그 좋은 아버지라는 단어가 기록되는 일은 없었다. 선생님의 반(?)협박 아래 그럴듯한 다른 단어를 넣었으니까.

하지만 그럼에도 불구하고, 나는 '좋은 아버지'라는 것은 좋은 장래희망이라는 생각을 한다. 좋은 아버지가 된다는 것은 좋은 직업을 갖는다는 것과는 다른 이야기다. 어쩌면 꿈이라는 단어와는 어울리지 않을지도 모르지. 아버지가 된다는 것은 굉장히 현실적인 부분이라 그러한 단어에 '좋은'이라는 형용사가 붙는다는 것은 글자 두 글자라 한들, 무게감이 한없이 무거워지니까.

그러므로 '좋은 아버지'가 된다는 것은 여러 조건이 있어야 하는데,

첫째, 아내에게 변함없는 사랑을 보이는 훌륭한 남편이 되어 자식들에게 '진정한 사랑과 믿음'에 대해 느낄 수 있게 해주어야 한다.

둘째, 자식에게 항상 듬직한 거목 같은 모습과 함께 자신의 직업에서 끊임없는 열정을 보여 변함없는 롤모델이 되어야 한다.

셋째, 올바른 인간관계를 보일 줄 알아, 자식들이 바라보았을 때 인생 속 '사람'의 중요성을 깨우치게 해주어야 한다.

넷째, 마지막으로 행복하게 사는 모습과 아내와 자식들에게 "사랑한다."라는 말을 진정으로 자주 해줄 수 있는 사람이 되어야 한다.

이 네 가지 조건만이 정답만은 아니겠지만, 내가 멋지다고 생각하는 상을 조심스레 써보았다. 하지만 사실, 이 네 가지 조건을 모두 갖춘 사람이 몇이나 되겠는가. 그럴듯하게 써놓은 이 네 가지를 갖는다는 것은 사실 성인군자가 되기만큼 어렵다. 괜히 가화만사성이라는 단어가 존재할까.

하지만 다시 한번, **그럼에도 불구하고**, '좋은 아버지'는 장래에 희망할 수 있는 멋진 단어임에는 분명하다. 앞서 말한 네 가지 조건을 모두 충족하는 것은 굉장히 어렵겠지만 그것과 가까워지기 위해 평범한 하루의 의미를 값지게 만들어 살아가는 사람은 그 자체만으로 값비싼 사람이 될 테니까. 그러니 나는 내가 살아가는 지금, 이 하루하루의 의미를 진하게 보내야 한다. 내가 꿈꾸는, 설령 앞으로도 살아가면서 내게는 불가능한 단어가 될지도 모르는, 저 단어와 가까워지기 위해 지금을 잘 보내어 정말 '좋은 사람'이라는 토대를 만들고 싶다.

어쩌면 인생이라는 하나의 과정에서 정말 필요한 스펙은 '좋은 사람이 되기 위해 노력하는 사람'이 아닐까. 거창한 의미와 명예가 없다 한들, 나 스스로 부끄럽게 살지 않으려 오늘도 게을러진 몸을 일으켜본다.

'좋은 아버지'라는 단어는 달지 못한다 한들 **꽤 괜찮은 아버지**'에라도 언젠가 가까워지기 위하여.

Writer's Pick♪ The Anecdote - E SENS

별거 없다 From. SNS

별거 없는 거 같아요.
인생 사는 거.

이 공간
SNS라는 공간도
사실 별거 없어요.

대단한 사람이야 너무 많죠.
부자부터
똑똑한 사람
커다란 명예와 지위를 지닌 사람
예쁘고 잘생기며 몸매 좋은 사람
인기가 많아 팔로워에 둘러싸인 사람들까지.

그들은 늘 행복해 보이지요.
하지만 아이러니하게도
그들의 이야기를 우연히 들어보면
모든 사람은 다 거기서 거기라더군요.

먹고 자고 싸고 일하며
비슷한 고민을 맘속에 안은 채
때로는 우울함에 허덕이기도 하는 삶.

모든 것이
다른 듯 보여도
결국에는
비슷하다더군요.

단 하나의 고민 없이
늘 행복한 듯 보이지만
그러한 척이라도 하지 않으면
인생이 고통스럽고 외로우니
그저 숨 쉬고 싶은 이유로
그럴 듯 보이게 포장하는 삶.

그러니까
제가 하고 싶은 말은
음,
그냥 우리
음,
그냥 살죠.

노력을 강요하지도 말고
그럴듯한 척도 하지 말고
별거 없이 살아요.

최근에 어떤 책에서 이런 문구를 봤어요.
정말 행복한 사람은
행복한 걸 자랑할 필요가 없다고.

물론 가끔 자랑하고 싶은 게 인간의 본성인지라

저 또한

때때로 마구마구 '척'하며 자랑하겠지만

정신 차리고

다시 삶의 초점이 맞춰지면

그냥 별거 없이 살려고요.

하루의 끝

고민 없이 잠드는 걸 목표로.

그저 별거 없이.

아무 생각 없이.

뭐 별일 있겠어요.

우주가 무너지는 것도 아닌데.

Writer's Pick♪ 태양계 - 성시경

시선

 살면서 겪은 수많은 인간관계에서 좋지 않은 문제가 터졌을 때, 내가 깨달은 좋은 해결 방식은 따뜻한 시선으로 바라보는 것이다.

 누군가 잘못을 하거나, 괜스레 마음을 불편하게 해도 '다 잘하려고 그랬겠지, 본인 마음은 오죽할까.'라고 생각하면 마음 한구석이 아려진다는 것. 그리고 그 아린 만큼 이해하는 노력을 한다면 나의 포용력이 깊고 넓어진다는 것.

 사람은 따뜻한 시선을 가지는 것만으로 깊게 성숙해질 수 있다. 포근하고도, 넓고 따스하게.

Writer's Pick♪ 사랑하는 이들에게 - 정재형

아버지가 어릴 때 해주신 말씀이
사과와 감사는 빠를수록 효과가 좋다고,
잘못했으면 남자답게 사과할 줄 알아야 하고
도움받았으면 감사하다고 크게 말하라고.

I've never been in love before

'I've never been in love before'
재즈 뮤지션, Chet baker가 조용히 속삭이던 사랑의 노래.

　사람마다 사랑에 대한 기준은 모두 다르다. 그래서 애초에 사랑
은 정답이 없다는 말이 정답처럼 느껴지는 걸까. 조금은 솔직한 이
야기를 해보자면, 나는 지금껏 **진정** 사랑에 빠진 적이 없는 듯하다.
내가 이런 말을 뱉으면 누군가는 "그럼 지금껏 당신이 쓴 사랑 시는
사랑이 아니었나요?"라고 되물을지 모르겠지만, 글쎄. 과거와 달리
지금의 내가 생각하는 사랑의 기준은 그때보다 조금 더 엄격(?)해
졌을지도 모르겠다. 그래서 지금의 기준이 무어냐고?

　"나 '자신' 보다 **상대**를 더 사랑하는 것."이라고 말하련다.

　많은 이들은 자신이 하는 사랑의 행위야말로 진정한 사랑이라며
이야기하지만, 인간은 본디 이기적 ─나쁜 의미가 아니다, 그저 자
기 자신을 위하는 의미를 말하고 싶다─ 존재이므로 아무리 상대를
사랑한다 한들, 자신보다 더 사랑하는 것은 정말 쉽지 않다. 물론
이러한 내 말에 누군가는 "아니에요, 저는 정말로 **진정**으로 저보다
상대를 사랑하고 있다니까요?"라고 반박할지도 모르겠지만, 상대
를 위한다며 했던 자신의 행동이 사실 그저 자신의 정서적 만족감
을 위한 행동이 아니었냐고, 되묻는다면 단호히 아니라고 말할 수
있는 사람이 몇이나 될까. 자신의 정서적 만족감 혹은 외로움을 채
우기 위한 행동, 그 자체를 진정한 사랑이라 여기는 슬픈 현실을,

우리는 자주 타인에게서 혹은 자신에게서 경험으로 느끼곤 한다.

이렇듯 −어디까지나 나의 기준에서− 정말 찾기 힘든 녀석임에도 불구하고 나 또한, 가끔 진정한 사랑을 목격하기도 한다. 이기적 특성이라는 벽을 허물어버리고, 상대의 눈으로 상대를 바라보고 나 자신보다 더 아끼며 사랑에 빠진 신기한 사람들을.

복잡한 현대사회라는 드넓은 사막 속에서 혹 신기루일지 모를, 오아시스 같은 진정한 '사랑'이란 것이 애초에 나처럼 그릇이 작은 사람에게는 어쩌면 불가능할지도 모르지만, 앞서 말했듯 기적처럼 마주치고 목격할 때, 나 또한 진정한 사랑을 꿈꾸고 싶다는 욕심이 갑작스레 드는 것은 아직 마음속에 어린 소년이 존재하고 있어서 그런 것일까.

지난 삶을 반추한다.

내가 사랑이라 생각했던 수많은 추억과 기억들, 그리고 그것들을 말미암아 썼던 수많은 글과 예술적 표현들. 어쩌면 그 모든 것들은 허상이 아니었을까. 모든 것이 그저 나의 자기만족을 위한 끊임없는 이기적 복기가 아니었을까, 하는.

상대를 위한다는 많은 말과 행동이 오롯이 나와 내 감정을 위한 이기적인 행동이었음을 깨달았을 때, 어쩌면 그리 아름답지 않을지도 모를 기억을 추억으로 미화시키는 나의 이기적 판단과 행동을 깨달았을 때, 진짜 사랑이 무엇인지를 이제야 조금은 알 듯할 때, 파도처럼 밀려오는 씁쓸함과 아린 마음, 그 공허함이란...

더 좋은 인간이 되고 싶음에도 작디작은 그릇 속에서 이기적 행동을 버릇처럼 뿜어대며, 늘 발버둥 치는 나의 그릇된 모습들을 발견할 때면 나란 인간은 애초에 사랑과는 거리가 먼 인간이 아닐까, 하며 홀로 상념에 젖는다.

하지만, 그래도, 그렇지만, 그럼에도 불구하고,

  만약 앞으로 진정 누군가를 사랑하게 되어 상대가 내 사랑의 기억
에 관하여 묻는다면 이렇게 솔직하게 대답하리라. 지금껏 진정 사
랑에 빠진 적 없으니, 어쩌면 지금 당신이 내 진짜 사랑일지 모르겠
다고. 나는, 지금, 이 순간, 사랑에 빠져버렸다고.

  "and out my song must pour
  내 노래를 쏟아내야 해요.
  so please, forgive this helpless haze I'm in
  그러니 용서해줘요, 무력하게 껴안은 이 몽롱함을.

  I've really never been in love before.
  난 지금껏 사랑에 빠져본 적이 없죠."

Writer's Pick♪ I've Never Been In Love Before - Chet Baker

착하거나 척하거나

슬기로운 생활이었나 도덕이었나 윤리였나.

교과서에서 나온 바른 삶이란, 끊임없이 착하거나 혹은 착한 척을 하면서 살아가야 하는 사람이라고 늘 쓰여있던 듯싶다. (물론 실제로 그리 쓰이지는 않았지만, 내 눈에는 그렇게 보였다!) 우리가 살아가야 하는 이 세상에서는 아니, 사회 속에서는 착한 사람만이 좋은 사람이니 우리가 정한 기준 밖으로는 절대 벗어나지 말라고, 꾸준히 강요해대는 느낌이랄까.

본성이 정말 착한 사람을 제외한 —그 기준도 사실 모호하지만— 보통 사람이 그저 착하게 행동하는 소시민으로만 사는 것이 세상을 움직이는 소수의 윗사람에게 이득이므로, 내내 같은 기준을 들이민다는 느낌을 지울 수가 없었다. 이 이상한 기시감에 관해서는 이 공간에서 할 이야기는 아니므로 일단 넘어가겠지만, 아무튼 정말 착하게 살아야 한다는 소리를 사는 내내 지겹게 들어왔다. 어린 시절 내내 가정과 학교, 어디를 가든 착하게 살라는 소리가 마치 어른들이 건네는 기본 인사처럼 내게 달려들었으니.

하지만 늘 그렇듯 문제는 나로부터 출발한다. 천성이 착한 사람이라 그런 것들이 불편하지 않은 둥근 돌이면 참 좋겠지만, 천성이 100프로 착하지 못해 모난 부분이 빼꼼! 삐져나올 때마다 고통스러우니 말이다. 그래도 나름 —교과서에 나와 있는 대로— 제대로 살아가려고 노력하며 여태 살아왔으나, 나 스스로 영악한 생각들이 튀어나올 때마다 마음 한편에 양심이 흔들거리곤 했다. 그 양심이 꽤 단단해져서인지 아니면 나이가 들어 급격한 체력 저하가 와서인지, 어느 순간부터 착하게 살기 위해 노력하는 것을 자연스레 혹은 반강제로(?) 포기했다. 다만 남에게 피해 주지 않고 사는 것을 목표로 정했고 지금도 그렇게 살려고 매 순간 노력한다. 태어날 때부터 천성이 착한 친구들을 볼 때마다 별로인 내 모습이 명확해지니, 더 좋은 사람이 되고 싶은 부러운 마음에 뱁새가 황새걸음을 걷듯 따라 했으나, 이거 영 쬣는 재주가 없으니 이 정도의 타협이 적당한 듯하다.

천성이 착하지 않은 내 눈으로 세상을 본다면 이 세상은 불공평할 따름인데 (원래 세상은 불공평한 거라지만) 그저 한없이 착하게 사는 이들을 볼 때마다 이 세상에 정말 천사가 있구나, 하는 마음에 때론 놀라움을 금치 못한다. 그와 동시에 스스로가 부끄러워지는 것은 마음의 덤이자 짐이지만. 그 부끄러움에 숙연해지는 마음이 쌓이는데도 불구하고, 이번 생 속에서 여전히, 나는 완벽하게 착한 이로 살거나 혹은 그런 척을 꾸준히 하며 사는 것이 가능할지는 모르겠다.

특히 그런 불확실한 느낌은 세상을 살면서 꾸준히 보게 되는, 착한 이들을 이용하려고 하는 인간들을 볼 때마다 더 선명해진다. 물론 나 자신이 그러한, 악한 이가 절대 아니라고 차마 단정 짓지는 못하겠다. 선과 악의 기준은 주관적이고 각자 처지에 따라 우리는 다르게 행동하곤 하니까. 다만 오롯이 자신의 이익만을 위해 타인의 삶에 대한 권리와 인간성의 존중을 무시하는 이들을 바라볼 때마다 희미하게 남겨진 착한 마음의 모서리가 부들거리며 날이 선 말을 하고 싶어진다.

침묵은 금이라던가. 그렇다면 침묵을 잘하는 이가 흔히들 말하는 착한 이가 되는 과정 중 하나이며 미덕인 건가. 하지만 이 불공평한 세상에 불이익을 받는 사람들을 위해서 할 수 있는 것이 옳은 말을 하고 글을 쓰는 것이라면 설령 천국을 가지 못한다고 하더라도 입을 움직이고 손가락을 움직여야겠다. 선이 되지는 못하더라도, 설령 그게 나만의 기준이라 위선이더라도, 세상의 몇 없는 천사들을 위해서 때로는 속으로라도 욕하면서 살아야겠다. 물론 나에게 그러한 자격은 없으나 이왕 태어나기를 모난 돌로 태어났으니, 설령 의견을 밝히는 것이 선이 아니라 한들, 이따금 가시를 세워 억울한 누군가를 보호하고 싶다. 물론 내 안에 모든 것을 말할 생각은 없다. 다만 모든 것을 매 순간 말하지 않되 말해야 하는 것을 사는 내내, 꼭 가슴 속에 품고 살겠다. 그리고 말을 해야만, 글로 토해내야만 누군가를 지킬 수 있는 삶의 중요한 순간에 ―무조건적 비난이 아닌 정당한 방법으로― 늘 신념에 따라 움직이고 살겠다며, 희미해진 착한 마음에 어리숙하지만 단단한 다짐을 채워 넣는다.

여기까지 써 내려오면서, 여태까지 내가 써온 글들이 온전한 진실과 솔직함을 근거로 했는가에 대하여 스스로 되돌아봤다. 분명 그럴듯하게 보이고 싶어 나 자신을 꾸미고 포장하며 착한 척했던, 수많은 순간이 떠오른다. '나는 미성숙한 위선의 표상이구나! 역시나 좋은 사람이 되기에는 글렀군.' 하는 생각에 한없이 부끄러워진다. 그러니 앞으로 더 나답게 살아야겠다. 100프로 착하게 살거나 착한 척하며 살기에는 앞서 말했듯 이미 글렀으니, 설령 사랑받지 못하더라도 그저 나답게, 불완전한 나로서 살아가야지.

착하거나 척하거나, 가 아닌 오롯이 나답게 살다, 나답게 죽는다
는 개똥철학을 지켜내면서.

Writer's Pick♪ Rachmaninov: Piano Concerto No.2 In C Minor Op.18 - 2. Adagio Sostenuto

영혼이 서려질 때

영혼이 온몸에 서려지는 때가 있다. 자연과 사물의 영혼이 온몸 곳곳을 스치며 흡수되는 듯한 느낌이 강하게 느껴질 때. 바로 그 순간, 손가락을 들이밀어 펜을 잡거나 키보드에 올려놓고 움직여댄다. 그럴 때마다 내가 느끼는 영혼의 색깔들이 글자에 서려 묻어났으면 좋겠다는 바람이 마음 어딘가에서 고요히 불어온다.

만약 전생이 사물로도 존재할 수 있다면 나는 영혼을 서리는 도구이지 않았을까.

위대한 작가의 펜이라던지
위대한 화가의 붓이라던지
위대한 음악가의 악기라던지 하는.

그들이 내게 영혼을 묻히고 사라진 다음, 나 또한 잊히고 사라져 지금의 나로 다시 태어난 듯한 느낌이 든다. 그렇게 환생한 덕에 나도 모르게 세상의 수많은 것의 영혼이 느껴질 때, 그들의 영혼이 서려져 있는 나를 이따금 발견할 때, 마음 한 결이 간드러지니 이보다 퍽 좋은 것이 어디 있으랴.

오늘도 영혼의 색을 글씨에 서리기 위해 세상 곳곳, 숨은 예술혼을 찾아 나선 길에 손자국을 찍는다.

Writer's Pick♪ Chopin: 24 Preludes, Op. 28. No.4 in E Minor

배우

하루하루를 버티는 게 이만큼 힘든 건지
꿈 많던 학생 때 보다 더더욱 실감이 납니다.

하루에도 수백 번 다른 직업에 종사하는 나를 생각해봅니다.
그 생각에 빠질 때면 우울해지고 허전해지는 마음에
시선이 머물다 보면, 잠이 오질 않습니다.

그 텅 빈 곳을
억지로 먹을 것으로 채우고
술을 쉬지 않고 들이부어
터질 만큼 너덜너덜해지고 나면
스르르 잠이 옵니다.

잠드는 짧은 찰나, 수백 번 구시렁거려봅니다.

그래도 나는
그래도 나는,
그래도 나는…….

아직은 '배우'라는 직업이 참 좋습니다.

아무래도 나는 성공하든 못하든
'배우'를 배워야겠습니다.

참, 좋은걸요.

아주 오랜 날,
억겁의 시간 속에서
내 꿈을 찾아왔다면,
이번 삶에선 '진짜'라구요.

좋아합니다, 정말로.

Writer's Pick♪ 말하는 대로 - 처진 달팽이 (유재석 & 이적)

그래, 돈은 정말 최고야.

돈 만한 게 없어 솔직히, 사실 맞는 말이지.

나도 정말로 그렇게 생각해.

근데,

마음 한편에서는

돈이면 쉽게 해결될 일들을

돈 없이 해결해 보는 것을

인생의 목표 중 하나로

고이 간직하고 있지.

소망

　그냥, 나는 그렇게 살고 싶어요.

　소망이라는 것이 모두 이루어질 리 만무하지만, 그래도 상상하고 소망하는 것 자체는 그 자체로 의미가 있으니까요.

　먼저, 어디든 좋아요. 산이든 바다든, 도시에서 조금은 벗어난 한 마을에 조그마한 내 집을 짓는 거예요. 아마 이곳이 내 작업실이자 동시에 휴식 공간이 아닐까 싶네요. 그리고 그곳에서 사랑하는 미래의 아내와 귀여운 아이들이 함께 살고 있어요. 아마 정신없고 바쁜 경쟁에 치우치는 도시보다는 그곳이 아이들에게 더 행복하지 않을까 해요.

　그러한 저는 일할 때는 도시로 나가서 일에 집중하고, 쉴 때는 집에 와서 제대로 쉬는, 삶의 균형을 추구하며 살고 있지요. 도시에서는 외부 작업을, 내 집에서는 글 작업과 사랑을, 이만한 삶의 균형이 또 어디 있을까요.

　사실 이 모든 소망은 저의 큰 노력과 운 그리고 타이밍이 맞물려, 제 분야에서 자리 잡아 안정적이어야만 가능할까, 말까, 한 꿈이라고 생각해요. 아주 먼 미래에서나 가능해서, 오랜 시간이 걸리거나 불가능할지도 모르겠지요. 그렇지만 저는 마음의 뿌리, 저 밑에서 늘 '언젠가는'을 되뇌고 상상하면서, 소망을 품고 살아가고 있습니다.

　최근에 한 책에서 어떤 문구를 봤어요.

"나아질 거라는 믿음 없이는 결국 아무것도 이루지 못한다. 어떠한 사실적 근거와 이유와는 상관없이 그 믿음 자체로 우리는 나아갈 수 있다."

이 모든 게 그냥 소망과 상상, 혹은 불가능에 가까운 것이라 설령 이루어지지 않을지도 모르겠지만, 뭐 어때요.

지금 당장 눈싸움하듯이 눈에 힘을 줘 보세요. 아마 시간이 흐를수록 눈이 시릴 거예요. 참고 참다, 한계에 부딪히는 찰나의 순간, 눈이 확! 감기겠지요. 전 그게 삶이라는 생각을 해요. 갑자기 확 끝나 버릴 수도 있다는 것. 그리고 생각보다 무작정 버티기만 한다는 건 꽤 힘들다는 것. 그래서 버티기 힘들 때마다, 자주 깜빡거리며 머릿속에 소망이 담긴 삶을 그려보려 해요. 목표를 이루어야겠다는 일념으로 눈에 빡! 힘을 주고 현실만 바라보며 사는 시선도 나름대로 멋있겠지만, 가끔은 눈을 깜빡~ 감아대고 비벼대기도 하며, 이루어지지 않을지도 모르는 상상을 소망하고 희망하며 여유롭게 사는 것도 퍽 좋거든요. 상상하고 소망할 수 있다는 것은 인간에게만 주어진 삶의 특권이라고 생각합니다.

"You may say I'm a dreamer, but I'm not the only one.
당신은 내가 몽상가라 말할지 모르지만, 나만 그런 것은 아닐 거예요.
I hope some day you'll join us, and the world will live as one.
언젠가 당신도 우리와 함께 하길 바라요. 그렇게 세상은 하나가 될 거예요"

가수 존 레논의 'Imagine'이란 곡의 가사입니다. 음악을 흥얼거리며 멍과 함께 오늘도 상상의 나래를 펼쳐보고 있어요. 그리고 그 조그만 상상들이 언젠가 현실이 되지 않을까 하는 공상을 하며, 이 모든 시간이 원동력이 되어 **언젠가는** 상상을 꿈으로 바꿔주지 않을까 하는 생각을 품고 오늘도 하루를 버텨봅니다.

Writer's Pick♪ - Imagine - John Lennon

예민

예민하다는 것은 **살아있다**는 것.

예민하다는 것은 내게 있어 살아있다는 이미지를 떠오르게 한다. 초등학생 시절, 신기하게 보았던 자연 도감의 수많은 풀과 꽃 그리고 곤충과 동물들. 각각의 생물들이 가지고 있던 살아있는 이미지. 그 수많은 이미지의 감각은 괜스레 내 몸마저 곤두서게 만들곤 했다. 그저 책 속의 사진이었으나, 야생생물의 삶은 각기 다른 저마다의 감각을 온통 예민하게 곤두세워 살아있음을 시시각각 증명하는 만화영화 같았달까.

우리 인간의 삶도 똑같다. (뭐, 사회도 야생이고, 인간도 동물이니까) 매 순간 사용하는 감각은 다르나 모든 사람이 저마다의 상황과 위기 속에서 감각을 예민하게 사용하여 자신이 살아있음을 증명한다. 그러니 삶에서 잘 살아남기 위한 예민함이란 어쩌면 꼭 필요한 특성일지도 모르겠다. 물론 그 예민함의 정도는 사람마다 매우 달라 정도가 강한 사람 또한 존재하는데, 특히 예민함이 강한 이들은 타인에게 "너는 너무 예민해."라는 말을 이따금 쉽사리 듣곤 한다. 그 후, 문장의 온점에서 '나는 대체 왜 이렇게 예민한 사람일까.' 하는 생각과 함께 자존감을 낮추는 고뇌에 허덕이겠지. 결국, 그 허덕임 속에서 곱씹은 말을 한 번 더 되뇌며, 예민함이라는 특성을 단점이라는 칸에 써넣을 준비를 한다. 하지만 예민함의 정도가 강하다는 것이야말로, 삶을 더 선명하게 살아갈 수 있는 장점임을, 꽤 예민한 나는 강하게 믿고 있다.

화분 두 개를 선물 받은 적이 있다. 분명 미리 전달받은 대로 똑같이 물을 주고 함께 관리를 해주었는데도 불구하고, 두 식물은 자라는 정도가 달라 힘이 없고 예민한 식물에 더 마음을 내주며 신경을 써주었다. 그랬더니 신기하게도 금방이라도 죽을 것 같던 예민한 식물은 언제 그랬냐는 듯, 살아나 다른 하나의 꽃보다 더 큰 꽃과 향을 피워냈다. '예민함'이라는 특징 때문에 과정 자체는 힘들었지만, 그 결과만큼은 더 빛나고 아름다웠음을 녹색 빛의 경험으로 알 수 있었다. 그저 더 예민했던 생물은 더 큰 사랑을 온전히 느낄 수 있는 시간이라는 과정이 필요했을 뿐이었고, 아름다운 꽃이라는 결과로써 살아있음을 보여준 것이다.

그러므로 타인에게 "너는 너무 예민해."와 같은 말을 들었을 때 전혀 기죽을 필요가 없다. 아, 그저 나는 삶을 조금 더 선명하게, 매 순간을 감각적으로 느끼게끔 태어난 사람이구나! 혹은 나는 사랑을 더 많이 느낄 수 있는 감각을 갖고 태어난 사람이구나! 하고 씩 웃으면 되는 것이다.

물론 자신이 예민하다는 이유로 타인에게 실언하거나 무례한 행동을 하는 것은 예민함이라는 장점을 잘못 이해하고 사용하는 사람이다. 진짜 '예민'하다는 것은 자신의 감정만 예민하게 생각하는 것이 아니라 타인의 감정에도 예민하게 반응하는 지성을 지닌 것이니까. 그리고 때로는 말하고 싶은 것이 있어도 -정말 숙성되어 말해야만 하는 순간이 오기 전까지- 가슴속에 묻어두는 것이 우리 삶에서 더 좋을 때가 많으니 굳이 좋은 장점을 단점으로 만들 필요는 없지 않을까. 하지만 안타깝게도 대부분의 예민한 특성이 강한 사람은 슬프게도 자신에게 무례하게 구는 사람들을 만날 때, 멘탈이 가방 속에서 막 여행을 끝낸 쿠크다스 과자처럼 부서지는 경우도 허다하다. 그럴 때는 마음을 가다듬고 예의 바르면서도 논리적으로 조곤조곤 말해야 한다. 그리고 그 설명이 받아들여지지 않는 이는 굳이 설득할 필요가 없다. ('So what?'이 최고!) 그저 애처롭고 안쓰럽게 생각하자. 감각이 덜 예민해 타인을 받아들이지 못하는 안타까운 사람이구나, 하고. 상대방의 마음이 불편할까 봐, 걱정되는데 어떡하냐고? (정말 감정이 예민한 이들은 때때로 귀여운 소심함을 자아낸다) 그럴 때는 오히려 상대보다 나 자신을 위로하고 속삭이며 쓰다듬어 보자. 조곤조곤. 노곤노곤. '나(너)는 예민한 사람이구나. 그래서 이런 여린 감정이 느껴지는 것일 **뿐이구나**' 하고.

경쟁에서 이기지 못하면 살아남지 못하는 시대. 그로 인해 많은 사람이 후천적으로 많은 감각이 예민해지며 그 때문에 고통스러움과 자괴감을 느낀다고 한다. 그런 이야기를 들을 때마다 마음 한구석이 애잔하게 녹아내리는 기분이 든다. 하지만 예민해진다는 것만으로 고통스러움을 느낀다는 것은, 삶을 더 적극적으로 살아가고 있다는 사실의 증명이니 자부심을 품었으면 좋겠다. 하지만 그럼에도 어쩔 수 없이 자괴감이 든다면, 그 예민함을 어떻게 하면 좋은 방향으로 바꿀 수 있을지 고민해보면 어떨까.

예민하다는 것은 오감의 감각이 발달했다는 의미다. 그 의미를 명확하게 인지한 많은 예술가와 창작자는 저마다의 감각을 이용한 호기심과 탐구심으로 많은 작품을 창조해냈다. 나 또한 예민한 성격과 감각 때문에 하루에도 수천 번 마음이 흔들리는 사람 중 하나이지만 그 예민함 덕에 나의 감각을 바탕으로 한 오감 일기를 썼고, 그 시간 덕에 시를 쓰고 책을 만들게 됐으며, 꾸준히 무언가를 쓸 수 있는 본능이 내 안에 자리 잡았다. 나의 예민함을 분출하는 도구로써 글쓰기를 얻게 된 것이다. 그리고 그 도구는 내가 살아있음을 증명하는데 지금도 이렇게 쓰이고 있다.

당신, 지금 예민해서 너무 힘든가. 그건 어쩌면 신호일지도 모른다. 일본의 유명작가 '무라카미 하루키'가 야구장에서 야구를 보다가 갑자기 소설을 쓰고 싶다는 우주의 신호를 받았듯이, 어쩌면 당신의 감각이 예민해졌다는 신호는 당신이 새로운 길로 접어들 수 있다는 운명의 신호일지도 모른다. 나는 당신이 그 신호를 무시하지 말고 받아들여 영악하게 이용했으면 좋겠다. 너무 낙관적이라고 말할지 모르겠지만 비관적이라고 나아질 게 뭐가 있는가. 살아있는 동안에는 꾸준한 이 예민함을 이용하고, 세상을 자연스레 떠나는 날! 과감하게 내던졌으면 좋겠다. 혹 염라대왕과 잘잘못을 따질 때도 예민하게 굴면, 질려서 천국에 보내줄지도 모르는 일이고!

아침에 일어나 졸린 눈을 비비며 뿌연 스마트폰 날씨 앱 화면을 확인해보니, 오늘 날씨는 흐리고 쌀쌀하단다. 어쩐지 살짝 머리가 어지러운 듯하고 머리가 멍하더라니. 창문을 열어보니 언제라도 비가 금방 쏟아질 듯, 하늘은 흐리고 쌀쌀한 냄새가 그윽하다. 이렇게 날씨가 한없이 흐린 날에는 괜스레 더 예민해지는데, 많은 생각을 하기 전에 무턱대고 커피 한잔을 끓인다. 그리고 그 커피 한 잔을 들고 노트북 앞에 무작정 앉는다. 그리고 연주를 하는 피아니스트처럼 키보드 위에 열 손가락을 올려놓는다. 온몸의 예민한 감각을 발동시켜 살아있음을 느낀다. 그리고 이내 내달리며 움직인다. 지금 이렇게 당신의 눈동자가 내 글을 향해 달려오듯이.

Writer's Pick♪ Debussy: Suite bergamasque, L.75: III. Clair de lune

착하거나 척하거나 2

나는 어떠한 사람으로 사람들 눈에 비추어질까. 착하고 좋은 사람. 그저 그런 사람. 못된 사람. 각자의 평가는 다 다를 것으로 생각한다. 앞서 '착하거나 척하거나'라는 글에서 언급했었지만, 어렸을 때부터 받아온 윤리 교육으로 인하여 나는 무의식적으로 '착함'을 추구하는 인간으로 살아왔었다.

'착하다는 것'에 대해 한 번 더 자세히 살펴보자. 대체 무엇이 착하다는 걸까. 분명 그 기준은 각자의 주관에 따라 모두 다르겠지만, 보편적으로 언급되는 기준은 존재한다. 타인을 배려하는 것, 부정적 상황에서 긍정적으로 행동하는 것, 자신이 손해를 입더라도 화내지 않고 인내하는 것 등등. 아마 대부분 기준이 유교 국가의 전통을 지닌 우리나라의 문화성 때문인지(물론 유교를 제대로 공부해보면 실상 그런 내용은 아니지만), 인내하며 자기 자신을 잘 드러내지 않고 타인을 배려하는 것에 기준이 맞추어져 있는 듯하다.

만약 그 기준에 맞추어 본다면 나는 착한 인간일까. (아마, 예선 탈락이겠지) 솔직히 말하면 나는 '착함'에 대한 교육을 받고, 어린 시절 형성된 가치관에 따라 무의식적으로, 때로는 의식적으로 행동하다 보니, 내면의 성질들이 충돌과 오류를 반복할 때가 더러 있다. 하지만 살아가면서 '어쩜 저 친구는 저렇게 착하지?'라는 의문이 드는 사람을 이따금 발견하는데, 내가 만났던 정~말 착한 친구는 단 하나의 내면적 충돌의 조짐도 나에게는 전혀 느껴지지 않았다. 물론 그 친구가 연기를 정말 잘하여 —그렇게 연기한다면 아카데미 주연상 감!— 내가 눈치채지 못할 수도 있겠다만, 정말 한치의 계산도 느껴지지 않을 만큼 본성이 순하며 타인을 진심으로 배려하려 노력하는 사람이 이 세상에 있더라. 그럴 때면 나 자신의 부족함에 대한 부끄러움이 한참을 요동치곤 했다.

게다가 나는 매 순간, 상대의 행동에 민감하게 반응하는 예민함을 갖고 있다. 그래서 배려를 하다가도 나도 모르게 속이 좁아지거나, 내가 하는 선의의 행동을 알아주었으면 하는 속 좁은 마음도 자주 맘 한가운데서 출현하며, 그로 인해 뒤늦은 후회를 덤으로 얻는 일 또한 잦다. 나라는 인간이 가진 예민함의 성질과 '착함'이라는 의미가 충돌할 때, 흔들리는 자존감과 스트레스가 어마어마하다는 것을 나와 비슷한 성질을 지닌 이들은 분명 이해하지 않을까.

아오. 다시 한번 말하지만, 이제 착해지려는 억지 노력은 그만해야겠다. 아니, 당분간은 억지 착함이란 녀석과는 등을 지고 살아가겠다. 답답한 마음을 억지로 짓이기고 착하게 사는 것만이 옳다고 배웠던 학창시절. 그 시절의 배운 것을 되뇌며 여러 해와 인간관계를 거쳐 가면서, 진정한 내가 아닌 **'착한'** 내가 되기 위하여 노력하며 살아가는 것이 그리 건강하지 않다는 사실을, 아니 진짜 별로인 내가 되어간다는 것을 깨달았다. 물론 타인을 이해하고 배려하려는 노력은 계속해야지. 다만 앞으로의 삶 속에서 진정한 나로 살아가기 위해서는 아니라고 생각하는 것에 대해서는 아니라고 말하며, 옳다고 생각하는 부분은 타인에게 드러내기 전에 내 안에서 자기검열과 성찰을 통해 굳건하게 만들어야겠다. 옳은 방향으로 올라가는 탑은 가끔 삐뚤어지고 흔들리더라도 결국 단단하게 정상을 향해 세워지기 마련이니까.

오롯한 나로 살아가기 위한 준비물을 준비해본다. 고독과 멍. 끝없는 자기성찰과 깊은 생각을 바탕으로 당당히 행동할 수 있는 행동력. 그리고 옵션으로는 나만의 대나무 숲을 곁들이려 한다. 물론 지금은 그 대나무숲이 솔직하게 글을 쓴다는 **행위**로 이루어졌을지도 모르겠지만, 앞으로는 다른 형태의 모양도 꿈꾸어 본다. 나의 인생에 어떠한 부분이든 합리화를 하지 않고, 그 누구의 시선도 신경 쓰지 않은 채 진정한 나에게 귀 기울이는 것. 사실 대나무 숲에서 가장 중요한 것은 누구에게도 하지 못한 말을 '말하는' 행위보다 내 안의 진정한 소리에 귀를 '기울이는' 행위일지도 모른다. 세상에 단 하나뿐인 나만의 삶의 진리는 내가 말하고 내가 찾아 듣는 것일 테니까.

조용히 홀로 속삭이려다, 숨을 들이켜고 크게 외친다.

"착한 척, 하지 말자!"

콜록, 목이 아프고 모든 숨이 빠져나가니 새로운 혼이 내 안으로 들어온다. 고요하고 차분히 그러나 반항적인 힙합 댄스를 추며.

Writer's Pick♪ I - Kendrick Lamar

말과 글의 무게에 관하여

글을 쓰게 되면서 늘 말과 문자가 지닌 무게에 대해 생각한다. 때로는 무거워지고 때로는 가벼워지는 나의 말과 글들을 보면서 나 자신을 잃기도 했으니. 적당함. 적절한 무게를 지니고 싶다. 그러기 위하여 침묵과 침잠의 의미를 깊게 아로새긴다.

해야 할 말들과 하지 말아야 할 말들을 구분하는 것.
내 글과 말, 내가 행하는 것들이 프로파간다가 되지 않도록 늘 경계하는 것.
설령 사실이더라도 말과 글을 받는 이가 사실로 받아들일 준비가 되어 있는지, 내가 하는 말과 글이 정말 상대에게 필요한 것인지, 그리고 내가 뱉어내는 것들이 상대의 마음을 진실로 따뜻하게 해줄 수 있는지를 늘 생각할 것.
마지막으로 어떤 말과 글이든 나 자신과 일치하는지 정체성을 되돌아볼 것.

이 모든 것들을 생각하려면, 때때로 가만히 멈춰서서, 나 자신 안으로 더 깊고 더 넓게 침잠해야 함이 필요하다는 것을 심히 느낀다.

좋든 나쁘든, 내 영혼의 무게를 잃지 않도록.

Writer's Pick♪ Goodbye Storyteller -Brad Mehldau

부드러움

늘 느끼는 부분이지만, 뾰족함은 부드러움을 이기지 못하는 듯해요.

온 세상이 점점 각박해지며 차가워지다 보니, 생각이 다른 상대를 강하게 혐오하면서 자신의 견해를 밝히는 방법들을 택하곤 합니다. 하지만 누군가가 그런다 해서 우리까지 그럴 필요는 없잖아요. 살다 보면 누구나 실수를 하는 법인데도 그저 상대를 혐오하거나 비난하는 방법만으로 견해를 밝힌다면, 훗날 내가 실수했을 때 분명 타인 또한 눈살을 찌푸리며 같은 방법을 택할지도 모릅니다. 그래서 늘 부드러운 것의 중요성을 생각해 봅니다. 같은 견해라 하더라도 부드럽게 상대를 포용하며 나의 색을 드러내는 것. 그것이야말로 자연의 방식, 어머니의 방식이라 생각합니다. 부드러운 것은 모든 것을 감싸 안는 힘이 있으니까요. 또한, 그렇게 서로를 감싸 안으며 살아갈 때 상대방도 고마워하며 따뜻하게 포용해 주지 않을까 합니다.

그러니 저부터 진심으로 그러하겠습니다.
이 힘든 세상, 나와 당신, 우리 모두를 따뜻하게 안기 위해 마음의 문을 부드럽게 열며.

Writer's Pick♪ Aubrey - Bread

자존심을 올바르게 쓰는 법.

그릇된 강자에게는 신념을 더 굳고 강하게,
힘없는 약자에게는 포용을 한없이 부드럽게.

자리

"오랜만이네요."
자주 가던 단골 재즈바의 사장님이 말씀하셨습니다.

1년 만이었습니다, 단골 재즈바를 방문한 것은. 2020년 '코로나'라는 질병이 발병한 이래로 우리의 삶은 송두리째 바뀌었습니다. 평범하고도 소박했던 일상은 역사의 기록으로 남았고 우리는 마스크를 쓴 채 돌아다니는, 마치 아포칼립스가 배경인 게임 캐릭터의 모습처럼 일상생활을 하게 되었지요.

"1년 만이네요. 요즘 장사 힘드시죠?"
"근처의 재즈바 대부분이 죽었어요. 뭐, 재즈바뿐이겠어요. 식당이고 뭐고, 다 사라졌지요. 코로나가 터지기 전부터 큰 애들(대기업체인점)이 들어오고 월세 때문에 힘들었는데, 이제는 그냥 죽으라는 거지요. 일단 사람이 없으니까요…."

젊은 예술가의 거리라는 말이 어색한 홍대가 되어 있었습니다. 처음 홍대에 음악을 들으러 갔던 것은 10년도 더 된 고등학생 시절이었습니다. 당시의 저는 음악에 꿈이 있었던 소년이라 길거리에서 거리공연을 하는 사람들을 관찰하기도 하고, 조그마한 공연장을 배회하면서 음악을 듣기도 했지요. 물론 지금의 거리보다 세련된 느낌이나 화려함은 없었지만 분명 그 시절 홍대거리는 '**특유의**' 매력과 색이 깊었던 거리로 기억합니다. 하지만 홍대거리가 많은 젊은 예술들의 색이 드러나는 거리라는 사실이 언론에 알려지게 되면서 어느 순간 많은 대기업 체인점의 유입과 젠트리피케이션 현상(도심 인근의 낙후지역이 활성화되면서 외부인과 돈이 유입되고, 임대료 상승 등으로 원주민이 밀려나는 현상)으로 인한 월세의 급상승으로 많은 자영업자가 거리로 내몰리게 되었지요. 저는 그 광경을 지켜보면서, 그리고 제가 좋아하는 장소들이 추억의 자리로 사라지는 것을 몸소 느끼고 겪으면서, 늘 아쉬움의 탄식을 뱉었습니다. 그리고 그 탄식의 종착역은 '코로나'라는 질병으로 인해 지금의 슬픔의 색에 도달하게 되었지요.

절대 없어지지 않고 늘 살아있을 것 같던 장소와 사람이 사라질 때, **'자리'**에 대한 생각을 하곤 합니다. 자리를 고수하며 버티는 것과 새로운 자리를 찾아 여행을 떠나는 것. 그 둘의 거리와 시계를 생각하지요. 그리고 그 생각의 온점에는 제가 떠나온 자리와 버티는 지금의 자리, 그리고 제 삶의 시계도 함께 떠오르곤 했습니다.

음악을 꿈꾸고 춤을 췄던 저의 과거의 자리. 밀려난 건지, 제가 떠나온 건지, 이제는 기억이 희미해졌지만, 후회의 여부와 상관없이 그때의 추억은 참 소중한 기억입니다. 어찌 됐든 간에 선명한 정체성을 바탕으로 늘 즐겁게 행했으니까요. 분명 힘든 기억도 많았지만 제게는 삶을 살아가는 데 있어 많은 경험을 제공해준 소중한 자리였습니다.

배우를 꿈꾸며 버티고 있는 지금의 자리와 글을 쓰며 책을 만드는 지금의 자리. 사실 지금의 두 자리는 한동안 저의 정체성을 희미하게 만들었습니다. 내가 연기를 하는 사람인가 글을 쓰는 사람인가에 대한 정체성의 혼동과 미래에 대한 불확실성이 저를 혼란스럽게 만들었지요. 하지만 그저 순리에 따라 살아가기로 다짐했습니다. 인생이 계획대로 흘러가지 않듯이 저의 자리는 앞으로도 수많은 뭉

침과 흩어짐 그리고 이동을 하며 무수한 변화를 겪겠지요. 물론 좋은 일이 많이 생겨 좋은 자리를 찾아 잘 고수하며 살 수도 있겠지만 코로나와 같은 무서운 질병, 혹은 급작스러운 이유로 어쩔 수 없이 새로운 자리를 찾아 떠나야 하는 일이 생기지 말라는 법도 없으니까요. 그래서 왔다 갔다 하는 현재의 자리에 불만을 토로하기보다는 그저 오고 갈 수 있다는 사실 하나에 감사하며 두 자리 모두 사랑하기로 했습니다. 자리를 떠나는 것과 고수하는 것. 이 둘 중에 정답은 없으니, 그저 내가 고수하고 있는 이 자리가 나에게 어떤 의미를 주고 행복을 주는가를 잘 생각해, **나에게 맞는 자리**를 잘 인식하고 선택하는 것이 조금이나마 인생을 현명하게 살아가는 방법이 아닐까 생각해 봅니다.

　그 날, 재즈바를 떠나기 전에 사장님께 제가 드릴 수 있는 말씀은 하나였습니다.

　"사장님, 이 자리에서 오래 하셨으면 좋겠어요, 꼭."
　*"그거야 모르죠, 하하. 그래도 좋아하는 일이니까 **여기서** 오래 버텨봐야죠."*

　그 쓴웃음 사이에 얼마나 많은 고뇌가 묻어나는지, 흐르는 적막의 잔적이 뭉쳐 칵테일에 스며드니 맛이 참 씁쓸했더랬지요. 참 아이러니한 건, 재즈바의 자리는 쳇 베이커의 'My Funny Valentine'이 차지하고 있었지만요.

Writer's Pick♪ My Funny Valentine - Chet Baker

유리하다는 것

몇 해 전, 여러 문제에 지쳐 정신과에 진료를 받으러 갔을 때의 일입니다. 당시 상담을 해주시던 의사분이 제게 하신 말씀이 기억나는데요.

"스테인리스 컵으로 태어나는 사람도 있지만, 유리컵으로 태어나는 사람도 있어요. 환자분은 유리컵 같은 사람이니까 스테인리스 컵 따라가려고 굳이 애쓰시지 않으셔도 돼요. 물론 지금 사회가 모두에게 스테인리스 같은 것을 요구하지만 환자분은 환자분만의 장점이 있어요. 아무리 노력해도 유리컵인 환자분이 스테인리스는 될 수 없고, 굳이 될 필요도 없다고 생각해요. **정신과 의사로서 저는, 인생은 무언가를 이루어내는 과정보다는 무언가를 포기하는 것을 배우는 과정이 사람에게 더 중요하다고** 생각하니까 마음을 조금은 내려놓아 보세요."

저는 그 상담 이후 조금씩 내려놓기 시작했습니다. 지금은 병원에 다니지 않고 있는 그대로의 저 자신을 받아들이며, 때로는 내려놓고 포기하며 살고 있고요. 그리고 유리컵인 저 자신도 있는 그대로 충분히 멋지고, 섹시한 삶을 살아가고 있다며 미소지으며 살아가고 있습니다.

유리컵으로 태어나신, 저와 같은 이 세상 모든 분, 무엇이 쏟아지든 잘 받아내시기를. 유리컵은 깨지더라도 그 자체로 유리입니다. 유리는 유리 자체로 세상을 투영하는 가치가 있으니까요.

Writer's Pick♪ 괜찮아 - 베란다 프로젝트

유통기한

　좋아하는 햄의 캔 뚜껑에 가지런히 적힌 유통기한이 눈을 사로잡는다. 문득 영화 '중경삼림'의 한 장면이 햄 냄새와 한데 섞여 머릿속에 떠오른다. 남자 주인공이 헤어진 연인을 잊지 못해, 자신의 생일이 유통기한으로 적힌 파인애플 캔을 모으며 기다리다, 끝끝내 연인이 돌아오지 않자 홀로 모두 먹어 해치우며 잊기로 다짐하는 장면. 그는 그 에피소드의 마지막 장면에서 명대사를 남긴다. "기억이 통조림에 들어 있다면, 기한이 영영 끝나지 않기를 바란다. 꼭 기한을 적어야 한다면, 만 년 후로 하고 싶다." 이렇게 글로 적고 보니 손끝이 약간은 오그라드는 듯하지만, 누구나 사랑에 빠졌을 때 한 번쯤은 생각해볼 법한 내용이다.

　나는 이 명대사의 '기억' 부분을 '사랑'으로 바꾸어 더듬어 본다. 기억도 분명 중요한 것이겠지만, 아마 대부분 사람은 사랑에 빠진 순간 그 사랑의 유통기한이 없었으면 하는 생각을 할 테니. 하지만 아쉽게도 사랑의 유통기한은 존재하나 보다. 지금, 이 순간에도 수많은 이별이 세상 곳곳에서 탄생하고 있는 걸 보면.

　세상 많은 이들은 사랑에 빠지는 첫 순간, 내 사랑만큼은 유통기한이 없을 거라고, 이 사랑만은 영원할 것이라고 굳게 믿는다. 하긴 헤어지기 위해 사랑에 빠지는 이가 어디 있겠는가. 다만 문제는 끝끝내 사랑의 유통기한이 다하는 날이 다가올 때 있다. 많은 사람이 사랑에 빠질 때와는 달리 사랑의 감정이 소진되어 간다는 것을 알았을 때, 유통기한이 다 되어간다며 홀로 조용히 이별을 준비하곤 하지만, 어쩌면 유통기한이 다하는 날이야말로 지금 내가 속한 이 사랑이 진짜 사랑임을 확인할 수 있는 유일무이한 날이 아닐까. 물론 결과는 불분명하니 무섭기도 하고 두려움도 앞선다. 그러나 확인하지 않고 홀로 이별을 준비하는 것보다는 용기 내어 서로의 사랑을 명확하게 확인하는 것이 −설령 이별을 맞더라도− 진정 성숙한 사람이 되는 길이며 용기 있는 행동이다.

만약 서로의 사랑을 진정으로 되돌아봤을 때, 사랑이 그저 소진된 것이 아닌, 유통기한이 필요 없어졌을 정도로 편안하고 익숙해진 새로운 사랑의 형태임을 발견하게 된다면 어떨까. 아마 그 연인은 한층 더 성숙한 사랑을 하는 연인으로 성장할 것이며, 사랑에 관한 시야 또한 깊고 넓어질 것이다. 늘 설레고 가슴 뛰는 것만이 사랑이라 믿는 어린 사람이 아닌, 익숙하고 편안한 사랑 또한 또 다른 사랑의 형태임을 알게 되는 성숙한 사람으로 한 단계 올라서는 것이다. 편안한 사랑이야말로 따스함의 온도가 깊고 진하며, 유통기한 따위는 애초에 필요하지 않았음을 그 힘겨운 과정을 이겨내야만 비로소 깨달을 수 있다.

사실 이러한 사실을 아는 나도 매번 그 유통기한의 벽을 뛰어넘지 못하고 텅 빈 깡통이 되어 찌그러져 버린 지난 기억이 많다. 다만 확신할 수 있는 건, 함부로 사랑의 기간을 가늠하지 않고 매 순간 있는 그대로의 사랑을 마주하려 했으니 긴 시간이 흘렀을 때 덜 후회하는 듯하다. 물론 후회와 아쉬움은 또 다른 문제겠지만.

통조림의 유통기한이 긴 이유는 고온 상태에서 멸균하기 때문이다. 하지만 긴 유통기한을 얻기 위해 나쁜 균을 죽임과 동시에 좋은 균 또한 모두 죽인 음식이 된다. 멍하니 빈 통조림 캔을 보다 결심한다. 나는 억지로 무리를 해 내 사랑의 온도를 올려 유통기한을 늘리지 않겠다고. 그저 있는 그대로의 서로를 마주 볼 수 있어, 장단점이 모두 존재하는 편안하고 성숙한, 날것의 사랑을 하겠다고. 물론 그런 사랑을 할 수 있는 인연이 언제 찾아올는지는 정말 모르겠다. 다만 조리시간이 채 10분이 되지 않아 빠르게 만들어 지금 먹고 있는 이 햄처럼 너무 쉽게 찾아와 만들어지는 사랑이 좋은 사랑은 아닐 것 같다는 생각을 속으로 삼키고 있다.

그래서 지금 먹는 이 햄을 뱉어내겠냐고, 누군가 묻는다면 아이러니하게 그러지는 못하겠다. 사랑이 채워진 통조림은 이 세상에 없으니 유통기한이 확실한 통조림 햄 정도는 먹어도 되지 않겠냐고, 말도 안 되는 합리화를 한다면 핑계겠지. 하긴 전국의 석학들이 모여 만든 인스턴트 통조림 햄이 맛이 없을 수 없지 않은가. 분명 몸에 좋지 않을지는 몰라도 말이다.

Writer's Pick♪ 동반자 - 김동률

거울

그러니까,

갑자기 생각난 건데 인간은 자기 자신을 직접 볼 수 없게 태어났잖아. 결국, 거울에 비친 자신의 모습을 보거나, 카메라를 통해 확인하는 것뿐이지.

어쩌면 그게 정말 자신의 모습이 아니라 과학적으로도 증명할 수 없는 무언가가 공기층에 있어서 그 모습을 왜곡하는 것 아닐까. 결국, 우리는 모두 죽기 전까지 자신의 능력으로는 자신을 볼 수 없는 거고.

그래서 인간은 늘 외로워하고 타인의 눈을 통해 자신을 보고 확인받고 싶어 하는 게 아닐까 생각해. 그 매개체로 사랑이 존재하는 게 아닐까 싶다.

말도 안 되는 공상이지만 뭐 어때, 이건 이대로 좋을지도.

Writer's Pick♪ Love & Longing - ACE

I love you, just the way you are

누군가는 사람이 '삶'이라는 연극 속에서 배우로 살아가는 존재라 한다죠. 하지만 저는 또 달리 생각해요. 가면을 벗고 무대 위에서 내려와, 충분한 경험을 바탕으로 한 진정한 내가 될 때, 한층 더 '사람'으로서 성숙해지는 것이라고. 수많은 사람과 인연들을 떠나보내니 몸소 깨달았어요.

일어날 일은 일어나게 되어 있고 우리의 인연은 분명 존재한다는 것.
인연을 위해 한 모든 노력은 설령 이루어지지 않아도, 또 다른 인연을 향한다는 것.
상대를 위한다는 구실로 상대를 변화시키려 한 것 또한 욕심이었다는 것.
완벽주의에 불과한 나의 욕심을 진정한 사랑이라 믿고 싶었던 것.
이제야 이 모든 것을 진정으로 깨닫게 되었다는 것.

뒤늦게 깨달았다는 것을 후회할 필요도 없는 것 같아요. 이제서야 깨달았다는 사실 또한, 분명 하나의 운명이자 새로운 흐름을 만들어내는 것이겠지요. 그러니 앞으로는 있는 그대로의 저의 운명을 사랑하려 합니다. 더불어 나의 인연들과 앞으로의 인연도, 있는 그대로 사랑하면서 말이에요. 그리고 진정 이 모든 것들이 마음에서 우러나올 때, 언젠가 말할 거예요.

"I love you, just the way you are."

Writer's Pick♪ Just the Way you Are - Billy Joel

무언가를 사랑하고 싶다고?

사랑, 절대로 하지 마

정말로 안 하겠다고 버텨봐.

그럼, 무언가를 사랑하고 있을걸.

●

슬
픔
을

삼
키
는

바다

눈을 뜨면 처음 보이는 곳이 바다였음 했다. 꿈속에서 바닷물은 따뜻했으니까. 요즘은 아무것도 하기가 싫어 쉬는 날이면 가만히 있으려 한다. 그런데도 쉬지 못한다. 나란 사람은 쉬는 날조차 단한 번도 맘 편히 쉬어본 적이 없다. 어깨에 짊어진 많은 것은 피가되어, 늘 몸속 혈관 곳곳을 돌아다닌다.

나는 꿈속에서도 인생에 도움 되는 것을 해야만 하는 사람이 되었다. 몸속 깊은 곳에서부터 철저하게 배인 완벽주의와 압박감 그리고 조급함은 사람을 쉴 새 없이 미치게 만든다. 그래, 나는 미친사람이 되었다.

어른들은 그게 옳다고 했다. 미쳐야 성공할 수 있다고 했다. 열심히, 라는 건 삶의 필수니 단 일분일초도 낭비하지 말라고 가르쳐주었다. 허나, 열심히 하는 법은 가르쳐 주었으나, 단 한 명도 쉬는 법을 가르쳐 준 사람은 없다. 그 악습의 맛이 깊게 배어버린 나는 그 지루했던 군 생활조차 쉬는 날, 무언가를 해야만 비로소 꿈을 꿀 수 있었다.

안 그러면 불안하니까.

아이러니 한 건 그렇게 살았음에도 난 여태 남들의 기준에 맞는 성공조차 하지 못했고, 인제 와서 뒤돌아보면 정말 중요한 것을 놓치고 산 느낌만 그득하니, 내 손에 남은 것은 무엇일까. "단언컨대, 내 인생은 이래요."라며 말할 수 없는 삶. 뭘 그리 발버둥 쳤는지, 베어버린 손, 주름 사이사이는 적적하다.

늦은 듯하나, 결심을 속삭여본다. 이 불안에 속지 말자고. 나 자신에게 조금은 관대해지기 위해 하나, 둘 놓는 연습을 시작하자고.

 글을 쓰지 않는 것. 연습하지 않는 것. 공부하지 않는 것.
 운동하지 않는 것. 악기를 다루지 않는 것. 춤을 추지 않는 것.
 책을 읽지 않는 것. 영화를 보지 않는 것. *SNS*를 하지 않는 것.
 생각을 멀리하는 것.

 물론 이렇게 다짐함에도, 금세 불안해진 나는 압박감을 느끼며 다시 무언가를 하는 나를 발견한다. 아이러니하게 지금도 이렇게 글을 쓰고 있으니까.

 그래도, 조그마한 꿈이 생겼다. 놓고 쉼을 언제든 조절할 수 있는 그 날, 난 모든 걸 놓아버리고 떠날 거다. 스마트폰도 없애 버리고 SNS도 없애 버리고 그냥 다 비워둔 채, 조용한 바닷가 마을 가서 게으르게 살아야지. 그냥 다 버리고 살아야지. 그렇게 끝내야지, 그렇게 끝낸 곳에서 눈을 뜨면 **따뜻한 바다**가 나오기를 기대하면서.

Writer's Pick♪ 바다 끝 - 최백호

관태기

'관태기'라는 단어가 있더군요.
관계를 맺는 것에 지친 현대인을 표방하는 단어.

근래 들어서 일과 관련된 연락을 제외하고는 사람들과 연락을 하고 있지 않습니다. 뭔가 지친 것 같다고나 할까요. 예전에는 사람들에게 친절하게 대한다는 것이 본성이나 노력으로 할 수 있는 일이라고 생각했는데 생각보다 체력이 중요하다는 사실을 깨달았습니다. 아무리 친하고 가까워도 불편한 부분들, 맞지 않는 부분들이 한구석에 늘 조용히 잠들어 있다 깨어나니, 쉼 없이 이해하고 맞추다 보면 결국 저의 육체적, 정신적 체력이 모두 소모되는 것을 느꼈습니다.

이 느낌을 아는데도 불구하고 모든 사람과 좋은 관계를 유지하려 늘 노력하다 결국, 마음의 몸살이 나버렸습니다. 분명 인간관계에 있어서 체력분배에 실패한 것이겠지요. 그래서 당분간 '혼자'라는 위치를 선택하기로 마음먹었습니다. 이 몸살을 지금 제대로 고쳐내지 않으면 결국 쓰러질 것 같아 마음을 과감히, 힘껏 내려놓았습니다. 물론 괜스레 밀려오는 외로움이 걱정되었지만, 그 기분도 찰나였습니다. 아마 저는 생각보다 '고독'이란 녀석을 좋아할 뿐만 아니라, 그나마 타던 외로움을 달래주는 것조차 이젠 귀찮아졌음을 느끼는 나이가 되었나 봅니다. 그래서 모든 것을 쥐려고 했던 자신을 내버리고, 다음으로는 나를 지치게 하고 힘들게 하는 관계들을 다이어트하기로 결심했습니다.

그렇게 시작한 다이어트는 생각보다 힘들지 않았습니다. 늘 인간관계에서 눈치 보며 스스로 을을 자처함으로써 가지고 있던 불안들과 저를 지치게 하는 관계들을 서서히 놓아보니 오히려 마음이 더 편해졌다고나 할까요. 아마 제가 가지고 있는 마음 그릇의 크기가 본디 작고 작아 억지로 꾸겨 넣었던 탓에 힘들었나 봅니다. 그저 놓아주기만 했을 뿐인데, 작다고 생각했던 그릇이 넓어 보이는 장점도 있었지요.

솔직히 말해서 마음을 다스리는 데 있어 그릇의 크기만이 중요한 것은 아니다, 하는 생각을 하곤 합니다. 어렸을 때부터 어른들은 사람이 성장하는 데 있어 그릇의 크기가 중요하다고 늘 말씀해주셨는데요. 물론 그 부분은 어느 정도 인정합니다만, 아직 어린 제가 −감히− 어느 정도 살아보니 마음 그릇의 크기를 키우는 것보다, 자주 그릇을 닦고 비우며 기름칠하는 것이 우리의 마음을 건강하게 하는 데 더 중요한 것이 아닌가 하는 생각이 듭니다. 잘 비우다 보면 작아 보이던 그릇도 어떻게 바라보느냐에 따라 커 보일 수도 있고, 자신에게 맞는 그릇의 크기 또한 점점 조소(彫塑)할 수 있지 않을까, 하는 생각이 들거든요.

사람마다 본디 가지고 있는 그릇의 색깔과 빛깔은 다를 텐데 그릇의 크기를 아무리 키운다 한들, 자주 비우지 않고 깨끗하게 만들지 않는다면 아마 거칠어지고 더러워져 본래의 색과 빛을 잃지 않을까요. 우리의 마음도 그러한 듯합니다. 여태껏 살아오면서 내 마음의 그릇의 크기를 키우는 데 급급하여 원하지도 않는 만남과 관계를 지속하며 억지로 버텼던 자신에게 고생했다고 말해주고 싶습니다. 그리고 앞으로는 타인을 배려하고 생각했던 만큼 나 자신도 아끼고 사랑해주며 충분히 휴식의 시간을 주겠노라고 다짐합니다.

이러한 다짐을 함에도 글을 써 내려가며 생각나는 얼굴들이 있습니다. 저라는 사람을 변화시키려 하지 않고, 있는 그대로 옆에서 바라봐주는 사람들. 만날 때마다 묵묵히 서로의 이야기를 들어주며 위로해 줄 수 있는 사람들. 그 소중한 이들의 얼굴을 떠올리며 아직은 괜찮은 청춘을 보내고 있구나 싶습니다. 그래서 그들의 얼굴이 떠오를 때면 마음 한편이 미안함과 고마움으로 가득 차나 봅니다.

저처럼 관계에 지쳐 쉬고 싶은 이들이 가지는 혼자만의 시간을 세상 모든 이들이 조금이나마 알아줬으면 좋겠다는 욕심이 그득한 생각을 합니다. 노력의 문제가 아니라 관계라는 것에 지쳐 혼자만의 시간 속에서 쉬고 싶은 사람들도 존재한다는 것을. 그 지쳤다는 사실을 알아주고 기다려 주는 사람이 한 명이라도 있다면 평생 보답하면서 살고 싶다는 생각을 함과 동시에 마음 한편이 처연해지니 아직은 갑보다는 을이 편한 사람인가, 하며 혼자만의 밤을 보내 봅니다.

Writer's Pick♪ 암적응 - 정아로

삶은 시다

숙취가 온몸을 휘돌아 침대에서 한참을 엎치락뒤치락하니, 멍하니 천장을 바라보고 있을 때, 문득 생각이 아지랑이를 피워낸다.

우리의 삶은 시를 읽는 것 같아 서럽다고. 읽어내려갈 때는 단어 하나하나와 문장 하나하나가 너무 생생한데, 지나고 난 행간은 무색할 만큼 고요하고 생경하여 섭하다고.

하나의 시를 읽어간다는 것은 하나의 삶을 읽어간다는 것. 나도 모르게 타인의 삶을 내 삶에 대입할 때 설레던 마음과 시가 끝나갈 때 섭섭하고 아쉬운 마음. 현실로 돌아와 내 삶에 부풀어진 마음을 대입했을 때, 느껴지는 화자와의 이상한 거리. 그건 그저 '시'라 그런 것이겠지. 그 이상한 공백의 거리가 시를 분명 아름답게 하는 것일 테니까.

'시' 한 편을 삶 전체로 본다면 지금 내가 살아가는 위치는 어디쯤일까. 아마 문장 가운데는 아닐 것이다. 가깝다면 문장 끝자락의 온점과 행간이 만나는 곳일 테지. 정확하지 않은 공백, 그 어딘가. 삶의 나침반도 매번 흔들리며 가리키다 보니 늘 길을 잘못 들어서는데, 하물며 '시'라는 공간에서 내 위치를 정확하게 찾고 싶은 욕심을 내보이니 퍽 오죽할까.

그래도 언젠가는, 조금은 색이 진한 나만의 공간을 찾아 떠날 거라며, 삶의 첫 행을 녹여 노트 한구석, 온점을 찍는다.

Writer's Pick♪ 500,000 - The BLANK Shop

2014.00.00.

낙엽이 으스러진다.

언제 그랬냐는 듯, 여름의 시간은 지나간 지 오래다. 분명 폭염이 오고 태풍이 지나간 것이 어제 같은데, 어느새 이렇게 시간이 흘렀는지.

몇 해 전, 여름의 구겨진 시간은 가을로 넘어오면서 시간의 다리미에 눌려버린 셔츠의 날 같았다. 구겨져 죽은 낙엽의 칼처럼 보이는 남루한 나의 후회들.

혼자 남겨진다는 것은 그런 것이었다. 허탈감과 외로움 그리고 그 끝에서 마주치게 되는 합리화라는 뫼비우스의 띠. 그 반복되는 나선의 밤이 익숙해질 때, 나는 글을 쓰기 시작했다. 수많은 의미 없는 습작들로 수더분해진 내 노트, 그 주변을 허우적거리는 내 손가락은 면도할 시간도 없이 키보드 위 키들과 입맞춤하기에 바빴다. 마치 전쟁통의 마지막 연인들처럼. 그러다가도 내가 써놓은 글들을 응시할 때면 '나는 왜 이런 것을 쓸까, 씀이라는 것은 내게 무슨 의미가 있을까.' 하는 초라한 생각에 공허를 느꼈다.

하지만 멈출 수 없었다. 글을 쓴다는 것은 어두운 동굴 같은 내 삶속, 조그만 등불이었다. 마치 고래의 뱃속에 삼켜진, 등불을 지키는 삶을 연명하는 노인네의 삶. 분명 그것은 인내였다. 현실을 벗어날 수 있음과 동시에 매일 밤 찾아오는 슬픔의 잠식을 다시금 마주하는 인내. 누군가는 내가 그 인내의 터널 끝을 빠져나와 빛을 감싸 안으며 해방감을 맛보았으리라는 생각에 이런 글을 쓰고 있다는 생각이 드리라. 하지만 아쉽게도 나는 여태껏 불나방처럼 글을 쓰고 있다. 내 몸이 타는지도 모른 채 혼을 태운 연을 밤하늘에 띄우면서.

나에게 있어 글을 쓴다는 것은 변화이자 진화였다. 새로운 시야의 확장과 인내의 총량 증가, 그리고 그 성숙의 과정에서 얻는 세상에 대한 아름다운 동경들. 분명 네 개의 눈과 귀가 두 개로 줄어들고 두 개의 코와 입, 심장이 하나로 합쳐져 체온이 식어버린 것은 분명했다. 그러나 아름다운 멜로디가 흐르지 않을지언정 고요함 속에서 자연의 소리를 들을 수 있었고 보이지 않는 어둠에서 별빛을 더듬을 수 있게 되었다. 지나가는 아가의 웃음소리를, 낙엽이 으스러지는 공기의 마찰음을, 길가의 들꽃에 스며드는 햇볕의 따스함을 나의 글자에 서릴 줄 알게 되니, 그만큼 자주 심장에 울림을 줄 수 있었다.

그때쯤인 듯하다. 스스로 "숨이 좀 트인다."라고 되뇌며 속삭인 게. 외로움이라는 갈증이 모두 가시지는 않아도 마음의 거울에 드리운 자괴감과 초라함, 소멸에 대한 기억들은 뿌옇게 옅어져 고독이라는 그림으로 완성되고 있었다.

이 글을 쓰고 있는 오늘 밤도 으스러지는 낙엽 소리와 귀뚜라미의 향연이 내 귓속을 휘감아대며 나를 글의 터널로 안내하고 있다. 이제는 그 어둠의 터널마저도 대면할 수 있음에 무색함을 느끼며, 차가웠던 어둠이 따듯해진다.

Writer's Pick♪ 1994년 어느 늦은 밤 - 장혜진

홀로 있음을 즐기거나

정면으로 마주하면

침잠하는 고독이지만

벗어나려 할 때

외로움으로 변한다더군요,

물론

슬프게도

두 맛 모두

쌉쏠하지마는.

비교

비 비참해지거나
교 교만해져요

좋은 말이다. 그러나 쉽지 않다. 자본과 계급으로 층층이 겹쳐진 카스텔라스러운 사회 속, 끝없이 비교당하며 사는 우리는 나도 모르게 비교의 틀에 자주 발을 들이민다.

그럼, 어떡해야 하나.

그래, 어쩔 수 없이 비교해야 한다면 나와 타인을 비교하지 말고 나와 나를 비교하련다. 비교가 공허임을 '자각'하고 사는 나와 비교한다는 사실조차도 모르는 몽매한 나. 그 시선을 비교하고 **제대로** 선택해서 진정한 나 자신을 찾아가는 것.

아마 이 세상 누군가는 매 순간 나를 비교의 잣대에 묶어 놓겠지만, 나 자신만큼은 죽어있는 나와 살아있는 나를 분간하고 선택하여 살아가자며, 어둑스런 밤에 허연 마음을 다독인다.

Writer's Pick♪ Remember - Sam Ock

회색 날의 잡념

계절의 바람을 느낀다. 비 오는 거리의 세포가 습함의 중심에서만 맴도는 것이 아니라, 조금 쌀쌀한 공기의 선을 그리며 주위를 감싸드는 걸 보면.

작년 이 시간. 분명 홀로 여행을 했던 것 같은데, 내 여행의 기억은 어디로 증발해 버렸을까. 계절이 넘어감에서 묻어나오는, 쓸쓸과 쌀쌀을 함께 지닌, 코를 찡긋하게 만드는 향수가 곳곳에서 풍기는 걸 보면 분명 기억이 솟아나야 하는데, 어지간히 힘들었는지 기억의 자국만이 진하게 남아있다. 기억이 나질 않는 기억을 머리 싸매며 불러오는 일은 그만하고 비가 오는 창가를 무심하게 쳐다본다.

몰래 우는 듯 내리는 비, 곳곳에 칠해 놓은 회색의 구름, 그 풍경의 언저리에서 드문드문 고개 내미는 색색의 우산들과 뭐가 그리 급한지 사라지는 발걸음의 잔적들, 안 어울리는 듯 조화를 이루는 이 정경 속, 끼어들지 못해 홀로 쳐다만 보는 나까지.

어둠과 하얀 것들이 뒤섞여 보이는 오늘의 도시 정경. 그 색상은 마치 회색으로 딱 정해놓은 듯해, 반항을 머금어 온 세상을 덧칠할 작정으로 명확한 색을 찾아보지만, 내내 흐린 색만 묻어나오니 오늘은 검은색이거나 흰색인, 또렷한 날은 아닌가 보다. 그래, 회색빛을 받아들이자. 받아들이고 싶어서일까? 받아들일 수밖에 없어서일까? 검은색과 흰색이 칠해진 직행버스를 외면하고 일부러 회색이 칠해진 완행버스에 무뎌진 몸과 복잡한 마음을 싣는다.

빠른 길을 잠시 제쳐두고 느림의 미학을 선택하는 것.

회색빛을 태운 버스가 돌아가더라도 몸을 맡기는 것.

울적한 날이 전해준 무용의 시간을 받아들이는 것.

이 시간을 나만의 기록으로 마음 서랍에 간직하는 것.

복잡하든 단순하든, **그저 흘러가는 대로 그렇게 살아보는 것.**

그냥 그렇게 흘려보낸 오늘이라는 하루의 그림자 끝 선은 조금은 밝은 톤의 회색일 지도 모른다. 조금은 하얗거나 조금은 검게 바래진.

소녀

　공원 어귀를 산책하고 있을 때, 나는 누군가를 발견했다. 놀이터 맞은편, 오래되고 낡은 벤치 위, 한여름에도 불구하고 두꺼운 노란 비니를 쓴 한 소녀를.

　소녀는 커다란 안경을 끼고 주변 풍경을 둘러보고 있었는데, 모자만큼이나 두꺼운 안경알이 마치 그 아이와 세상을 나누는 벽같이 느껴져, 나 또한 구분되었다. 한여름이라 하기엔 더워 보이는 커다란 겨울옷을 입고 있어 어깨가 어벙해 보였는데, 그것과는 대조되는 너무나도 왜소한 체구가 불균형을 어우르고 있었다. 그 어색함 때문인지, 볼이 옴폭 들어간 핼쑥한 얼굴 때문인지, 누가 봐도 병마를 안고 있을 것으로 보인 그 소녀는 맞지 않는 옷 속에 숨어 있을 듯한 가냘픈 어깨와 옷과의 거리, 그 허한 공간이 내게 전달되었는데도 불구하고, 안경알 너머로 보이는 눈동자만큼은 또렷하고 해맑았다. 겉과 속이 다른, 이상한 반전의 기운을 지녔달까. 소녀는 한여름의 햇빛을 머금은 눈빛을 주변 공기에 굴절시키고 있었다. 마치 공원에 흩날리는 초록 잎이 햇빛의 푸른 향을 넣어 굴절시키는 것처럼. 소녀는 분명 한여름의 싱그런 공원과는 어울리지 않았지만, 언밸런스한 퍼즐 같은 선이 조화를 이루어 완성된 한 폭의 그림처럼, 모호한 아름다움을 지닌 아이였다.

　언제부터였을까? 저 아이가 저렇게 된 건.

　나의 복잡한 심리적 상황에 맞춰 한 아이의 삶을 위안으로 삼으며 소녀의 지난 시간을 유추해내고 있었다. '힘들었겠지? 치료는 얼마나 힘들까? 나보다 훨씬 힘들겠지, 저 아이는 어떠한 눈으로 세상을 바라보고 있을까⋯.' 하는 생각들을 뒤섞으며 마치 내가 명탐정 셜록이라도 된 것 마냥 한참을 추리해내고 있었다. 그렇게 바라보다 문득 깨달음이 나를 스쳐 지나갔다.

나는 저 아이를 멋대로 판단해 동정하고 있었다.

소녀는 그 자리에 그대로 앉아 그저 가만히 흘러가는 세상을 바라보았을 뿐인데, 저 아이를 초라하게 만든 건 저 아이도 아닌, 주변에 흘러가는 풍경들도 아닌 바로 나 자신이었다. 내가 그렇게 **만든 것**이었다.

사실 그렇다. 사람에게 가장 슬픈 건, 또한 그 사람을 가장 초라하게 만드는 건 슬픈 상황도 사건도 아니다. 그 사실을 누군가에게 들키는 것 혹은 그렇지 않은데도 불구하고 누군가가 그렇게 바라보며 동정하는 것. 난 그런 면에서 굉장히 오만한 행위를 저지른 것이다. 내 삶도 제대로 관철하지 못하면서 모르는 누군가를 향해 판단을 내리고, 동정의 시선을 담아 한 사람의 삶을 제멋대로 해석한 것이다. 누군가가 나를 선입견 담긴 시선으로 고정관념을 담아 해석하는 건 단 한 글자에도 자존심 상해하면서 내가 그런 짓을 복사해서 붙여넣기를 하고 있을 줄이야.

생각을 뜯어고치고 제대로 초점 맞춘 시선을 다시금 소녀에게 향했을 때, 소녀는 이 시간을 누구보다 만끽하고 있는 꽃 같았다. 이 시선조차도 누군가는 오만하다 할지 모르지만, 생각을 뜯어고치고 다시 바라본 소녀는 주변 풍경에 자연스럽게 스며들어, 공간 속에 그녀가 지닌 향기가 묻어나는 듯했다. 풍경과 그녀가 조화롭게 한여름의 시소를 타고 있으니 한 폭의 그림처럼 내 눈앞에 색색이 퍼져나갔다. 시원하고 따뜻한, 공기를 맞은 오후의 시간이 그 자리에서 아주 천천히 흩날리고 있었다.

Writer's Pick♪ 봄날, 벚꽃 그리고 너 - 에피톤 프로젝트

울음에 관한 강렬한 첫 기억

울음에 관한 가장 강렬한 나의 첫 기억.
그날의 기억은 어렸을 적 우리 집 안방으로부터 시작된다.

나의 어린 시절, 아마 나이는 5~7살 정도 됐을까. 세상 모든 것에
호기심이 많았던 어린 소년의 모습. (물론 아닐 수도 있다!) 그날
나는 개미의 일생에 관련된 자연 도감 책을 읽었고 곳곳의 페이지
에서 나오는 어두컴컴하고 미로 같았던 개미굴에 큰 인상을 받았
었다. 그 강한 인상에 어린 맘이 취해서 그러했는지 한 손에는 조그
마한 미니 손전등을 들고 나머지 손으로는 시원한 오렌지 주스 캔
을 들고 마시며, 집안 가구 밑 빈틈을 요리조리 살피며 돌아다녔다.
아마 그렇게 탐험하다 보면 가구 밑에 개미굴과 연결된 구멍을 발
견할 수 있다고 생각했던 걸까.

그렇게 한참을 왔다 갔다 하며 온몸을 쓴 바람에 힘이 빠졌는지,
나도 모르는 사이 손이 미끄러졌고 한 손에 쥐고 있던 주스 캔이 바
닥과 입을 맞추면서 어머니의 서랍장 밑 구석구석까지 오렌지 주
스가 퍼져나갔다. 사실 이제야 말하지만, 어둠의 공간 속에서 퍼지
는 오렌지 주스의 색은 굉장히 예뻤던 색으로 기억한다. 어둠 속에
서 퍼지는 따스한 노랑 조명 빛과 같달까. 마치 어두운 동굴 속으로
흘러들어오는 한 줄기 햇빛처럼.

당황한 나는 5~7살 아이가 할 수 있는 최고 반사신경의 속도로
휴지와 걸레를 재빨리 들고 와 닦아냈지만, 서랍장 밑 보이지 않
는 구석 끝까지 빛의 속도로 흘러가 버린 오렌지 주스의 행진을 막
을 수는 없었다.

잠시 후, 외출하셨던 어머니께서 돌아오셨고 어린 맘에 양심이 찔렸던 나는 이 급박한 상황을 솔직하게 말씀드렸다. 사실 크게 혼날 수 있겠다고 예상하긴 했지만, 나중에 걸려서 더 크게 혼나느니 차라리 빨리 매 맞는 게 낫다는 사실을 이미 어린 나이에 깨달았던 나였다. 그러나 나의 예상과는 달리 어머니의 반응은 평소와 달랐다. 말없이 걸레를 들고 오셔서 서랍장 밑 구석 끝까지 닦으시려고 한참 팔을 휘저으시더니 이내 흐느끼시면서 우시기 시작했다. 그와 동시에 어머니께서는 혼잣말로 "왜 이렇게 힘드니, 안 그래도 힘든데 왜 이리 힘들게 하니."라는 말씀을 되뇌시며 한참을 조용히 우셨다.

　그때 내가 느꼈던 감정은 죄책감과 미안함 그리고 또 다른 공포였다. 그 형언할 수 없는 공포에 겁이 난 나는, 어머니가 우시면서 청소하시는 내내 방 밖으로 나가 얼굴만 빼꼼 방 쪽으로 내민 채, 지친 어머니를 말없이 관찰했다. 그것만이 내가 할 수 있는 최선의 행동이었다.

　이날, 어머니는 왜 우셨을까. 사실 나의 어머니는 늘 강하셨고 유쾌한 성격이셨기에 어머니의 행동은 쉽사리 이해가 되질 않았다. 하지만 나이가 든 지금의 나는 ―물론 아이를 키워보지 않은 나이지만― 조금이나마 이해가 될 듯하다. 쉼 없이 밀려오는 풍파로 점철된 삶. 그 속에서 누구나 매일 각자 저마다의 전쟁을 치른다. 때로는 그 전쟁에서 이길 수 있어 기쁨으로 하루를 마무리할 때도 있지만, 생각지도 못한 패배로 고통과 슬픔, 회한으로 하루를 마무리하는 순간도 우리 인생에서 꽤 많은 비율을 차지한다. 아마 그날의 어머니는 내가 실수한 사고뿐만 아니라 힘들었던 일 혹은 그동안 쌓였던 슬픔이 한순간에 터져버린 게 아니었을까.

드라마 '연애시대'가 떠오른다. 극 중에서 슬픔으로 가득 찬 여주인공이 피클 통의 뚜껑이 열리지 않자, 낑낑거리다 이내 던져버리곤 오열하는 장면. 사실 별거 아닌 피클 통 뚜껑을 연다는 행위가 자신이 참아왔던 슬픔의 한에 촉매제로 묻히고 쌓여 한순간에 터져버린 것이다. 이처럼 우리는 우리의 슬픔이 생각지도 못한 장소와 행동에서 터져 나오는 순간을 때때로 보게 되거나 직접 겪게 된다. 특히 스스로, 나 자신도 모르게 그런 감정을 표출할 때, 꽤 당황스러움을 느끼며 나에 대해 그동안 무지했음을 깨닫는다. 내가 이토록 내 마음을 달래주지 않고 살아왔나, 하면서. 그러니 살아가는 내내 내 마음속 슬픔의 양을 자주 확인해야 할 듯하다. 슬픔의 양이 넘쳐나 내 마음의 그릇을 깨지 않도록.

하지만 아쉽게도, 처음으로 어머니가 우시는 모습을 본 어린 나의 나이는 불과 5~7살에 불과했고, 그 기억은 나의 뇌리에 강하게 박혔다. 그 강렬했던 기억은 나이가 들어가는 내내 사랑하는 여자의 우는 모습을 두려워하면서 살아오게 해주었다. 우연히라도 우는 모습을 보게 될 때면, 오랜 기억과 함께 마음 한편이 처연하게 아려오곤 했으니까. 그럴 때면 늘 속으로 되뇌며 다짐했다. '상처를 받더라도 내가 받고 내가 울자, 사랑하는 이가 슬프게 울지 않도록 노력하자' 하는 최면을 꾸준히 걸었다. 그러나 그 다짐은 매번 바라는 대로 이어지지 않았고 살아오는 내내 원치 않더라도 그 모습을 우연히 보게 될 때가 더러 있었다.

나는 대체 언제쯤 **사랑하는 이의 울음**이라는 것에 관대한 사람이 될 수 있을까. 사실 나는 내 울음에 대해서는 꽤 관대하지만 −익숙해질 만한데도− 사랑하는 이의 우는 모습만큼은 너무나 마음이 아프고 아려 보기가 힘들다. 하지만 또 다른 마음 한편에서는 사랑하는 이가 누구의 앞에서도 울 용기가 없을 때, 내 앞에서 만큼은 모든 것을 토로하고 울다 지쳐 편히 쉬었으면 한다. 그리고 그런 그 모습을 말없이 바라보다 조용히 안아줄 수 있는 사람 또한 나였으면 한다.

모든 감정과 행위를 정온히 받아들일 수 있는 사람으로 성숙해지고 싶다. 나의 행위도, 사랑하는 이의 행위에 대해서도. 그리고 그 모든 순간의 기억을 사랑하고 느끼며 살겠다고 다짐해본다. 그 모든 것이 설령 마음 한편의 아린 기억으로 남는다 한들.

오래전 그날, 슬픈 울음을 토로하시던 어머니께서 다음 날, 아무 일 없었던 듯 웃음과 함께 내게 빛나는 오렌지 주스를 따라 주셨던 것처럼.

Writer's Pick♪ Candy Says - The Velvet Underground

아파보니 알겠다

누군가는 몸이 아픈 것보다
마음이 아픈 것이 더 힘든 거라던데
사실 아픔에 경중이 어딨겠는가

몸이 아파봐라
그 말이 나오나
마음이 아파봐라
그 말이 나오나

아픈 건 아픈 거다
아프다는 거다
모조리
오롯이
전부
삶이

물론
네가 보고 싶은 것과는
다른 문제겠지만

두 마리 새

우연히 선물 받은 전시회 티켓, 모네의 그림을 보러 가는 날. 시간이 남아 관람 전에 미용실에 들렀다. '왜 미용실은 예약하고 와도 늘 사람이 많은 걸까?', '일하시는 분들은 얼마나 고될까, 이렇게나 바쁘면 추가 수당은 당연히 주는 거겠지?' 하는 여러 잡념과 함께 기다리던 중, 내 옆 테이블로 한 모녀가 느리고 지친 걸음을 자아내며 마주 앉았다.

어머니의 나이는 60대 후반 정도. (어디까지나 추정이다. 나의 눈썰미가 틀렸을 수도 있다!) 세월에 바랜 흰 머리가 많아 본래의 나이보다 조금 더 많아 보일 듯했고, 화려하고 세련된 미용실의 분위기와는 어딘가 이질감이 드는, 어색한 표정을 지닌 사람이었다. 사실 미용실이라는 장소가 꼭 세련된 사람만이 오는 곳은 아니다. 말 그대로 자기 자신을 미용하러 오는 것이기에 그런 선입견은 굉장히 좋지 않으나, 이상하리만큼 어색해 보이는 표정과 행동, 장소와 어울리지 않는 복장 때문인지 누구나 그렇게 느낄 법한 모양새였다. 심지어 미용사가 머리 스타일에 대해 상의하러 왔을 때도, 어색한 표정과 민망한 미소를 지으며 "선생님이 편하신 대로…." 라는 말을 연거푸 뱉어냈다. 하지만 그러한 부끄럼의 태도와는 달리 말 한마디마다 기품과 차분함이 배여 있는 따뜻한 목소리를 지니고 있었다.

잠시 후, 딸이 말했다.

"엄마, 이런데도 다니고 예쁘게 좀 하고 다녀. 그리고 서울 올라오고 싶을 때는 언제든지 말하고, 올라올 때마다 무조건 꼭 같이 오자. 또 언제 올라올지 모르니까."

딸의 나이는 40대 초중반 정도. (물론 이것 또한, 나의 추정이다!) 딸의 차림새는 어머니에 비해선 세련되었으나, 바쁘게 사는 사람의 행색이 묻어나와 그리 여유가 있어 보이지는 않았다. 그녀는 어머니와 대화하면서도 쉴새 없이 스마트폰 화면을 들여다보며 통화를 했고 자주 '선생님'이라는 단어를 내뱉는 목소리에는 학원에 간 자녀들을 걱정하는 마음이 묻어나는 듯했다. 고된 일로 지쳐버린 삶의 분위기가 풍기는, 눈의 초점이 약간 풀려 보이는 한 어머니의 모습이었다.

한동안 어머니와 딸은 딸의 걱정 어린 잔소리 아닌 잔소리와 미소를 주고받다, 이내 정적이 흘렀다. 그 정적을 깬 것은 어머니의 손동작. 어머니는 남루하고 조그만 가방에서 봉투 하나를 꺼냈다.

"애들 키우느라 힘들지?! 이거 머리값……!"
딸은 한참의 정적 후 입술을 떼어냈다.
"미안……."

사실 몰래 들으려고 했던 것은 아니다. (민폐이기도 하고!) 나는 그때 분명 지겹게 돌려봄에도 좋아하는 영화 '아비정전'을 스마트폰으로 다시 보고 있었는데, 이상하리만큼 그날따라 눈과 귀가 옆으로 자꾸 향했다. 아마 이 슬프고 아름다운 영화 한 편보다 내 옆에 살아있는 화면이 더 아름답고 처연하게 들린 것이 아니었을까.

그날 저녁, 전시회를 보고 집으로 돌아오는 길에 많은 생각이 아른거렸다. 저녁에 봤던 모네 전시회가 굉장히 좋았지만, 전시회의 내용보다 집에 오는 내내 그 모녀가 떠올랐다. 그와 동시에 그 풍경과 함께 틀어놓았던 영화 아비정전의 주인공, 누구에게도 진정한 사랑을 주지 못하지만 늘 어머니의 사랑을 그리워하는 한 남자인 아비가 떠올랐다. 어머니와 딸의 관계, 어머니와 아들의 관계, 부모와 자식의 관계, 그 관계란 것들은 세상 무엇보다 아름다울 수 있으나 때로는 세상 무엇보다 슬퍼질 수 있다는 사실들이 맘 한구석에서 쓸쓸하게 맴돌았다.

아마 오늘 밤은 생각의 새들이 잠들 틈 없이, 머릿속 하늘을 종횡하며 땅에 발을 내려놓지 못할 듯하다. 사랑을 찾는 어미 새와 아기 새들, 그리고 그 사이에 끼지 못하는 더 슬픈 생각들과 함께.

Writer's Pick♪ 애야 - Lacuna(라쿠나)

냉정과 열정사이

나는 선 채로 누워있다. 내 주위는 지친 온도가 선잠을 자는 듯, 길 잃은 공기를 베개 삼아 눕혀 있다. 그 온도는 선명하지만 모호한 색을 띠고 있으며 진하면서도 뿌옇다. 차갑고도 따뜻하며 따뜻하면서도 차가웁고 까마면서도 허옇고 허여면서도 거뭇하다.

평온하면서도 심란했다. 나는 누워서 선 채로 영화를 틀었다.

냉

정

과

열

정

사

이

영화마저 누운 채로 서 있다.

영화의 플롯은 냉정과 열정, 차가움과 따뜻함, 흑과 백, 그 중간 점을 회색으로 칠하며 조심스레 달려 걷는다. 그 까맣고 하얀 걸음에는 보는 사람의 체온조차 중간에 닿게 만드는 힘이 있다.

생각해보면 이제야 중간의 의미를 알게 된 듯하다. 아무것도 모르는 10대 시절에는 뭐가 그리 뜨거웠는지, 그 뜨거움을 주체 못 해 늘 열정의 온도를 맞추기에 바빴다. 20대 때는 그 열정에

데어버린 상처를 어찌할 줄 몰라 늘 구급함을 열고 냉정을 덧바르기 일쑤였다. 30대를 마주 보고 있는 지금은 늘 가운데를 꿈꾼다. 애매하면서도 모호한, 나이가 들어가면서도 마음이 여려지는 그사이에 고개를 내미는 중간 점을 좋아한다. 열정적이기에는 냉정해야 하고 냉정하기에는 열정적이어야 하기에 그 둘의 공생 점을 찾아가는 여정에 들어선 것이다.

어쩌면 삶을 살아간다는 것은 그 중간에 다다르기 위한 매일의 노력이 아닐까 싶다. 열정을 맛보고 싶으면서도 막상 열정을 맛본 후에는 냉정이 그립고, 냉정을 맛본 후에는 열정이 그립듯, 그 가운데 머물러 숨을 쉬는 법을 배우는 여정. 내가 만난 이들은 나를 어떻게 칠하고 있을까. 열정적인 사람? 혹은 냉정한 사람? 아마 각각의 마음에 찍힌 색은 다르겠지만 조그만 바람은 있다. 그 모습을 겹쳤을 때의 비치는 색이 검정보다는 회색을 띠었으면 하는 것.

「매 순간을 받아들일 수 있는 사람. 감정의 날개를 펴다가도 때로는 침잠할 수도 있는 사람. 그래서 마음의 양이 늘 컵의 중간에 다다르고 있는 사람. 누군가 원하면 줄 수도, 누군가 준다면 받아들일 수도 있는 사람. 분명한 회색이면서도 선명하지 않은, 조금은 바래진 사람.」

그 중간을 바라보는 나는 냉정과 열정 사이, 그 공간의 중심에서 오늘도 누운 채로 서서 큰소리로 속삭이며 삶을 잠재운다.

Writer's Pick♪ The Whole Nine Yards - Yoshimata Ryo

이터널 선샤인

 십 대였던가, 이십 대 초였던가.

 추워진 겨울 날씨에 코끝이 시려서인지, 주체 되는 감정을 눌러 담지 못해 등굣길에 학교를 땡땡이치고 바다를 보러 갔던 적이 있다. 그때 느꼈던 차가운 아침 바다 공기가 영화 '이터널 선샤인'의 오프닝 같아, 마치 내가 영화의 주인공인 조엘이 된 것처럼 온종일 이상한 기분에서 헤어나오지 못했었는데, 그때 속으로 나긋이 '이런 기분은 다시 느끼지 않았으면 좋겠다, 이 기분은 미래로 가져가지 말자. 십 년 뒤에는 이런 공허한 공기를 마시지 말아야지.' 하고 다짐했었다. (여주인공 클레멘타인과 같은 인연을 만나지 못해서 그런 것일까)

 하지만 아이러니하게도 오랜 시간이 지난 지금, 추워진 날씨의 공기를 조용히 맡고 있노라면 그때의 기분과 함께 이터널 선샤인의 오프닝 장면이 다시 떠오른다. 나이가 들어가면서 급변하는 세상과 환경은 지금의 나를 조각해 냈지만, 내 마음속의 변치 않는 이상한 공허함은 차가운 겨울 공기를 만날 때마다, 남몰래 숨겨놓은 나를 꺼내며 그때의 시절로 돌아가게 만든다. 그러나 오래전 그때와 달라진 건, 이제는 이런 기분도 그저 괜찮다는 거다. 무엇이 느껴지든, 어떠한 공허함이든 오롯이 받아들일 수 있으며 오히려 지금도 이렇게 느낄 수 있는 마음을 여전히 내 마음 한구석에 갖고 있다는 것, 나이가 들어가면서 수많은 감정이 메말라 갈 수 있음에도 불구하고 이러한 감정과 공기를 아직 느낄 수 있다는 것에 그저 감사할 따름이다.

창문을 열었다. 오늘은 공기가 이별했나? 꽤 차가운 향에, 코끝이 아리다. 눈을 감고 오래전 맡았던 바다 내음을 다시금 상상하다가 어디든 떠나고 싶어진다. 영화의 주인공처럼 괜스레 전화기를 부여잡고 어디든 전화를 건 다음, 몸살감기라 쉬어야 한다며 거짓말을 한 후, 바다로 향하는 기차를 타고 싶다. 물론 마음과는 다르게 해야 할 것들을 모두 내던진 채로 도망갈 수 없음에 한탄하다가, 그래도 아직은 눈을 감고 상상하는 것만으로 그 기분을 다시 불러일으킬 수 있음에 감사하다. 어린 시절의 나와 달리, 이 느낌을 오랜 시간 뒤에도 불러일으킬 수 있으면 하는 오늘, 차가운 겨울 향기를 코끝으로 내쉬며 나만의 클레멘타인을 불러내 본다.

Writer's Pick♪ Everybody's Got To Learn Sometime - Beck

죽음과 삶, 그리고 자아에 관하여

나는 절대 죽고 싶은 것이 아니다.

다만 나는 죽음과 삶에 대해 정면으로 마주하려 한다. 만약 이 글을 쓰고 있는 지금 당장 내가 죽게 된다면 난 어떤 의미를 남기게 될까. 내가 죽고 나면 내 방에 남겨진 것들이, 내가 소유하고 있는 모든 것, 인간관계들이 지난 나를 의미하는 것일까. 사실 그것들이 진정 '나'를 의미하는 것이 아니라면?

만일 그러하다면 진정 '나'를 의미하는 것은 무엇이려나. 혹자는 인생이란 녀석은 생각 없이 즐겨야 한다며, 생각보다는 욕구를 따라가며 행동하고 사는 것이 옳다고 말하지만 나라는 인간은 조금 다른 부류의 인간인 듯하다. 내게 있어, 진정한 인간에 가까워지는 일은 마주치기 불편한 것들을 피하지 않고 정면으로 마주해서 자신만의 답을 내리는 것일 테니까.

사실 누군가의 말처럼 생각을 버리고 직관의 세계에만 머물면 쉽사리 행복하게 살 수 있을지도 모른다. 하지만 −자아를 찾는 것에 관해 단 한 줌이라도 깨달았다면− 직관의 세계에만 머물러 산다는 것도 그리 쉬운 일은 아니기에 많은 사람은 '어른'이라는 가면을 쓰면서, 삶의 본질이나 의미, 우울과 고뇌 등을 숨기며 사는 것을 받아들이는 듯하다. 애써 내면을 외면한 채로, 그저 즐기면서 사는 현명함을 배우는 느낌이랄까. 하지만 이 방법이 현명한 것이라면 자아와 치열한 싸움을 하는 사람들은 또 다른 현명함 아니, 진정한 편안함에 이르려는 사람들이라 말하고 싶다.

인간을 인간답게 하는 것들의 끝없는 증명과 본질에 대한 다가섬.

대부분 사람과는 다른 비주류의 길을 걷더라도 포기하지 않고 진정한 자신을 찾아 나서는 것. 세상에 진정한 자신을 남긴 사람들은 대부분 비주류였기에, 그렇게 새로운 주류는 비주류에 의해 만들어지는 것이기에, 자신을 내면의 풍파에 과감히 내던지는 사람들. 이상하게도 나는 그런 사람들이 좋다.

그래서인지 나는 나만의 방식대로 자신에게 침잠할 수 있는 혼자만의 시간을 가지며 살아가고 있다. 그리고 그 시간의 대부분은 진정한 내가 누구인지 알아가는 시간으로 쓰고 싶어 매일 발버둥 치며 하루를 보낸다.

'나'라는 인간이 살아가는 의미가 무엇인지, 내가 왜 연기를 하고 글을 쓰려 하는지, 왜 돈을 벌고 왜 밥을 먹고 왜 잠을 자려 하는지, 그것이 설령 남에게 보이지 않을지라도 나만의 의미를 스스로 찾아 뿌리 깊은 나무를 심을 수 있다면 그것이 진정 살아있는 것에 가까워지는 것이 아닐까. 설령 그 의미에 대하여 누구 하나 알아주지 않더라도, 진정한 나를 아는 것은 오롯이 '나' 자신이므로.

어떠한 방식이든 내 나름의 편안함에 이르는 길을 반드시 찾고 싶다. 차가웠던 어둠이 따뜻해지기만을 기대하는 어린 내가 아니라 스스로 촛불을 밝히는 내가 되기 위해서. 또한, 인생에 담긴 내용물에 집착하는 것이 아닌 나 자신을 인생의 그릇으로 만들기 위해서.

그 한점에 이르기 위하여 홀로 발버둥 치는 부족한 나는 오늘도 생각의 촛불을 마음의 중심에서 태워본다. 훗날, 나의 죽음을 의미 없는 죽음으로 만들지 않기 위하여, 나 자신이 진정한 나로서 이 세상에 잘 기록될 수 있기를 간절히 바라며, 오늘 밤도.

Writer's Pick♪ Tchaikovsky: Symphony No.6 In B Minor Op.74 - 'Pathetique' - IV. Finale

사람

　며칠 전, 오랜 친구들과 모여 한잔을 하고 있었다. 우리 나이 때 남자들이 그러하듯, 아니 요즘의 사람들이 그러하듯 돈과 주식, 비트코인의 이야기가 오고 간다. 그 오고 가는 흐름 속에 나는 여전히 집중하지 못하고 있다.

　나의 시선은 오롯이 텔레비전의 기름한 화면 밑, 푸르른 자막에 꽂혀있다. 친구들의 이야기가 오른쪽 귓바퀴에서 롤러코스터를 타고 왼쪽 귀로 빠져나간다. 그럼에도 미동은 없다. 시선이 한결같이 한곳을 지향하듯 멍이 날아간다.

　한 친구가 걱정의 말을 꺼낸다.

　"야, 그만하자. 종하, 지루해 한다."

　이내 정적이 흐른다. 나는 답한다.

　"아냐 재밌어, 계속해. 지금 딱 좋아."

　귀신이라도 지나간 걸까. 여전히 내 세상은 조용하다.

　또 다른 한 친구가 말을 꺼낸다.

　"애는 고흐잖아. 가난한 예술가의 표상이 되고 싶어 하잖아. 조흐조흐."

　말을 꺼낸 친구는 되먹지도 않는 애교스러운 표정을 지으며 웃어 댄다. 반응하기조차 귀찮지만, 구태여 나는 작게 말한다.

　"나는 그렇게 되고 싶지 않은데……."

　다시 찰나의 정적. 나를 걱정하던 친구가 이어 묻는다.

　"그럼 뭐가 되고 싶은데?! 남들만큼은 살아야지."

나는 바로 대답하지 못하고 파란 자막을 계속 쳐다보다 멍하니 대답한다.

"*사람. **살아있는 사람**.*"

이내 쓸데없는 소리 한다며 면박을 주는 친구들의 말소리가 내 주변에 한참 웅엉대다가, 응앙대다가 저 멀리 날아가 묻혀버린다. 하지만 나는 신경 쓰지 않고 여전히 텔레비전을 바라본다. 계속 보고 있던 자막에 여러 번 시선을 꽂아보지만 결국, 보이지 않는 벽이 있음을 깨닫는다.

저곳과 이곳. 보이지 않는 벽이 존재하고 있음을 온몸으로 느껴낸다. 이 사람들과 저 사람들, 그저 사람의 이야기인데, 분명 보이지 않는 두꺼운 전파가 우리를 저 사람들과 아니, 나와 내 친구들 사이에도 벽을 만들어 끊임없이 서로를 분리함을 깨닫는다. 잠시 후, 파란 자막 위에 하얀 전파가 웃음인지 울음인지 비웃음인지 오열인지 모를 실 주름을 지으며 처연한 음성을 만들어 낸다.

"출생 신고도 안 한 8살 아이, 엄마가 살해…." 그 무뎌진 목소리에 눈을 한번 꾹 감으니 친구들의 소리가 다시 귓가를 스쳐온다. 벽은 허물어지지 않았지만, 결국, 벽은 허물어지지 않았지만. 그래도 나는, 나는 정말 '사람'이 되고 싶다고 되뇌다가 이내 억지로 눈을 열고 만다.

Writer's Pick♪ 자랑 - 곽진언

버드맨

인간의 성숙은 고통과 뗄래야 뗄 수 없다는 사실.

고통받기 싫다면 성숙하지 않으면 된다.

허나 삶은 고통이기에 나는 성숙해져야만 한다.

예술적 삶의 원천은 비극에, 성숙의 뿌리엔 고통이 있다.

오롯이 스스로 받아들일 수 있다면

인간은 다시 태어날 수 있다.

완전무결한, 진정 완연한 나로.

육아 노트

인생과 삶, 같은 뜻이지만 다른 모양인 단어들.

그 단어들이 무거워져 힘들 때마다 난 노트 하나를 꺼내 마주 본다. 이 노트를 마주하기 전에는 다른 이들처럼 서점에 들러 유행하는 힐링 도서를 여러 번 펴보기도 했지만, 이상하게도 난 그리 와 닿진 않았다. 잠깐 유행할 때 입었다가 어디에 놓았는지도 모르게 잊히는 옷을 걸치는 느낌이랄까. 물론 그것도 그것 나름의 가치와 의미는 분명 존재하겠지만.

그래서 나는 힘들 때면 친구들과 술을 마시거나 억지로 여행을 떠나보며 현실을 마주 보지 않으려고 노력했었다. 명령어만 입력하면 움직이는 안드로이드처럼 행동하다 보면 어찌 됐든 시간은 흘러가고 나는 늙어갈 테니까. 그렇게 무료한 삶을 보내던 중, 주말을 맞아 평소 미뤄뒀던 대청소를 했고, 만화 "데스노트"의 주인공이 우연히 노트를 줍듯, 먼지 쌓인 서랍 가장 밑 칸에서 노트 하나를 우연히 발견했다.

「육아 노트」

그 안에는 조금은 바래진 내 이름 세 글자가 마치 내가 주인인 것처럼 새겨져 있었고 어린 나의 신상과 건강상태에 대해 자세히 쓰여 있었다. 노트 안은 어느 하나 낭비한 공간 없이 어머니의 젊은 시절 글씨체로 가득했다. 그 글씨들은 내용과 상관없이 내게는 한 편의 시처럼 보였으며 긴 소설 같았고 솔직한 에세이 같았다. 아마 사랑이라는 형태를 분자로 쪼개어 가공한 다음 종이로 만들어 엮으면 이런 형체가 아니었을까.

근래 들어 나라는 사람을 표현하는 단어를 꼽으라면, 부정 (否定)이었다. 어떤 긍정적인 이야기를 듣든 거부하고 싶었고, 답답한 마음을 풀려는 노력은커녕, 숨 막히게 틀어막고 싶은 마음만이 더 커져 건조해진 고막을 닫은 채, 마음을 꼬아 머릿속에 꾸겨 넣어 놓았다. 꼬여져 있는 틈의 사이들은 촘촘한 염세주의로 젖어 있었고 그 틈은 사랑과 진심으로 채우기에는 부정의 막이 너무나 견고했다. 이처럼 믿음과 희망이란 단어는 삶에서 지워버린, 부정 덩어리로 굳어진 돌 같던 내가, 내 앞에 놓인 노트 한 페이지에 태양 빛에 사르르 녹아버린 아이스크림처럼 온 마음이 부드러워졌다. 녹아버린 아이스크림이 구름이 되어 맑은 하늘에 떠다니는 듯.

사랑, 그래 사랑이다.
이러나저러나 이것은, 사랑이다.
한 획, 한 행, 한 행간, 한 점, 한 면.
*이 모든 것을 '**사랑**'이라는 단어보다 더 잘 표현할 것은 없다.*

굳어진 마음이 풀어져 간다는 것이 느껴질 때, 깨달았다. 나처럼 부족한 인간도, 꽤 자주 세상에서 가장 쓸모없는 존재로 느껴지는 나조차도, 어머니에게는 행복해야만 하는 존재, 그리고 어머니에게 행복을 주는 존재였구나 싶었다. 이와 동시에 녹은 아이스크림이 톡! 하고 얼어붙듯, 한 문장이 떠올랐다. '나는 사랑받아야 마땅한 존재다.'라는 상투적인 문장. 그 문장이 떠오름과 동시에 내 모든 마음도 한결 가벼워져 돌이 아닌 깃털처럼 내 주변을 떠다니기 시작했다.

살다 보면 인생이 한없이 늪처럼 느껴질 때가 있다. 주변의 많은 사람은 "걱정하지마, 곧 밑바닥 쳤으니 올라갈 거야."라고 진심 어린 위로를 때때로 던지곤 하지만, 슬프게도 밑바닥의 밑바닥, 보이지 않는 지하, 그 공간이 살아 움직여 내 모든 호흡을 장악할 때가 있다. 그 공간이 활개를 칠 때면, 우리가 어디에 있든, 무엇을 하든 그 공간을 우리의 힘으로 벗어나지 못해 나락으로 떨어지는 일 또한 슬프게도 존재한다. 그럴 때는 벗어날 수 없다는 것을 인정해 버리거나 혹은 놔버리는 행동을 선택하여 한동안 살아가야 할 이유를 찾을 수 없는 긴 시간이 존재하곤 했다. 그런데 지금, 내 앞에 육아 노트를 눈에 들인 순간, 살아가야만 하는 이유가 내 앞에 살아 숨 쉬며 내 손에 안겨졌다. 그러므로 나는 살아가야 한다. 무엇이 됐든, 무엇이 어떠하든, 나는 사랑받아야 할 존재며 태어났다는 이유만으로도 살아갈 이유는 충분하다.

그날 이후로 나는 슬프게도, 자주 이 노트를 꺼내 본다. 사실 이 노트를 꺼낼 일이 없는, 늘 순조롭게 흘러가는 인생이면 좋겠지만 삶이라는 것은 매번 마음대로 흘러가는 것이 아니니, 가끔 날아오는 무거운 돌들이 내 길을 막으며 마음이 살아나지 못하게 할 때면, 어느새 책상 가장 밑 서랍 속을 더듬게 된다.

노트를 다시금 펴보며 분명한 **사실**을 되새겨 본다. 설령 지금 당장 눈에 보이지 않더라도 우리는 늘 어느 한 시점에 소중한 존재로 우주의 역사에 기록되었다는 사실을, 그리고 먼 훗날, 내가 진심으로 성숙해진다면, 누군가를 그렇게 소중한 존재로 기억되게 할 수 있으리라는 사실을.

이러한 사실을 발견했음에도 불구하고, 세상 모든 이들이 육아 노트를 꺼낼 일이 없을 정도로 행복한 나날만 가득하기를 진심으로 바라며, 노트의 모서리 끝을 쓰다듬다 나의 무거운 하루와 함께 잠이 든다.

Writer's Pick♪ 정류장 - 패닉

중경삼림 Part 1

나는 외로울 때면
중경삼림을 늘 껴안았다.

내 삶 속
채워지지 않는 공간을 채워주는 건
영화 '중경삼림'이었다.

홀로 술을 마실 때도
홀로 라면을 먹을 때에도
나는 중경삼림을 껴안았다.

가족도
친구도
그 누구도 허용하지 못하는 그 공간을
채우고 있었던 무엇은 중경삼림이었다.

그러한 내 빈 공간의 암호는
'너를 영원히 사랑해.'

그러한 나는
암호가 틀릴 때면
늘 홀로
조깅을 했다.

그러한 나는
내가 아는 모든 이들과
늘 홀로
이별을 했다.

그러한 나는
늘 홀로
우리가 가장 가까이 스친 순간에는
서로의 거리가 0.01cm밖에 안 되었을 거라며
여섯 시간 후
이 세상 누군가와 사랑에 빠지지 않을까,
혼잣말을 했다.

Writer's Pick♪ California Dreamin' - Mamas & Papas

오래

2019년 12월 26일 새벽.

'새롭다'라는 단어를 등지고, '오래'라는 단어를 안고 살기로 했다.

생각해보면 '새롭다'라는 단어는 이다지 새롭지도, 애초에 가능하지도 못할 단어가 아닐까. 태초에 어머니의 자궁을 빠져나와 세상의 빛을 보았을 그 생경한 순간조차도 '새롭다'라고 말하기엔 이치가 맞지 않을지도 모른다. 그저 나의 기준에서 '새롭다'일뿐, 내가 세상의 빛을 보기 전에도 이 세상의 빛은 태초 이래로 늘 존재해 왔을 테니까.

내가 태어나 처음 본 어머니의 모습도 그러하다. 내 눈엔 생경한 존재일지라도, 아주 오랫동안 그녀는 존재해 왔을 것이다. 오래전에 태어나, 오래 살아왔고, 오래 먹어왔을 것이며, 오래 아파했고, 오래 잠들었을 것이며, 오래 우울해하고, 오래 슬퍼하다가도, 오래 기뻐하면서, 오래 사랑해왔을 것이다. 그렇다면 내가 어머니를 처음 본 그 순간도 새롭다고 말하기엔 와닿지 않고, 그저 오래된 무언가를 마주쳤다는 느낌에 가까울 것이다. 그러하니 내가 사랑했던 사람도, 친구도, 풍경도, 음식도, 모두 오래된 존재였구나 하는 생각이 마음 한편에 편안하게 자리 잡는다.

오랜 꿈을 꾸어온 듯하다. 내가 살아오면서 만났던 모든 이들, 모든 순간, 모든 물건이 오래된 존재였으니. 세상이 너무나 빠르게 변해가면서 포스트모더니즘의 그 위를 웃도는 포스트 어쩌구가 도래하는 세상이라지만, 나는 내가 여태껏 혹은 앞으로 경험하고 싶은 모든 것이 '오래'된 존재가 아닐까 하는 기대를 맘속 깊은 곳에서 머금는다.

'오래'된 것은 사랑스러우며 슬프고 우울하면서도 아름답다. '오래'라는 단어만 붙으면 세상의 모든 심상을 지닌 느낌이 내 마음의 중심을 강하게 때리며 울려 퍼진다. 이 모든 느낌을 위해 태어난 순간부터 오랜 시간 동안 많은 것들을 가슴에 묻어두며, 한 생을 발버둥 친, 모든 '오래'된 존재를 위해 손 모아 기도한다.

형태가 변하더라도, 이 우주에서 '오래' 존재해 달라고,
여태껏 '오래' 살아왔듯이, 그리고 앞으로도 '오래' 살아갈 듯이.

Writer's Pick♪ Old Fashioned - Bruno Major

익숙함에 관한 고찰

 익숙함이란 무엇을 말하는 걸까. 편한 것? 좋은 것? 지루해진 것? 떠나보내야 하는 것? 정답은 없지만 많은 사람이 저마다의 익숙함을 안고 살아간다.

 익숙함. 나에게 있어 익숙함은 사랑하는 것이다. 애초에 사랑하지 않는 것이 익숙해질 리가 없지 않은가. 내게 익숙한 음식들, 익숙한 옷, 익숙한 카페, 익숙한 책, 익숙한 사람들. 이 모든 것은 익숙함이란 것이 나에게 준 또 다른 사랑의 형태다.

 그러나 내 생각과는 달리 익숙함이 다른 방향을 향해 치솟을 때가 있다. 본디 사람은 각자 추구하는 삶의 가치관이 다르기 때문일까. 내가 사랑하는 익숙한 성질들, 그것을 지닌 나의 사람들이 익숙함을 부정의 의미로 받아들일 때, 익숙함이 지닌 슬픔과 외로움은 어느새 내 마음의 결에 서서히 스며들고 있다.

 분명 충분히 나이 든 것 같은데, 꽤 빈번하게 일어나는 익숙함과의 이별에는 아직도 익숙해지지 못한 나의 모습이 왜 그 순간을 빼곡 채우는 것일까. 분명히 이맘때쯤이면, 안 보일 줄 알았는데, 아니 설령 보이더라도 그저 웃어넘길 줄 알았는데, 아직 나는 어린가 보다.

시간이 지나면 가능해질까?
혹은 조금 더 성숙한 인간이 된다면 가능해질까.
모든 것을 아무렇지 않게 받아들이는 사람이 된다면
이 슬픔도, 그리움도, 이별의 순간도 익숙해져
모든 것을 사랑할 수 있을까.

만약 그것이 불가능한 것이라면 이런 나 자신에게조차 익숙해져 나를 사랑하고 싶다. 익숙지 않은 마음을 믿고, 더 깊은 성숙을 향하여 나를 사랑할 수 있음에 감사하며.

Writer's Pick♪ 그림자 - 김동률

플롯

이쯤 되면,

'삶' 자체가 선택에 따라 살아 움직이는 듯한 느낌이 든다. 인생의 흐름이 운명에 따라 돌아가는 듯하지만 결국, 내가 어떤 마음을 선택하느냐에 따라 좌지우지되는 듯한 느낌.

어떠한 감정이 들든 간에 내가 삶을 즐겁게 대하면 즐거운 일이 더 강하게 기억에 남고 우울하게 대하면 우울한 일이 더 강하게 기억에 남을 테니 내가 어떤 감정을 선택하느냐에 따라 나의 삶이 다른 기억으로 각인 되는 것 아닐까.

아니, 그렇다면 '삶' 자체와도 밀당을 해야 하나? 싶다가도 그래도 이왕이면 즐거운 쪽을 더 당겨볼까 하면서 늘 염탐만 한다.

아마도,

내가 어떤 감정을 선택하느냐에 따라
삶이 나를 대하는 흐름,
내가 삶을 대하는 흐름이
( ) 플롯으로 진행되겠지.

Writer's Pick♪ Unforgettable - Nat King Cole

다 내려놔.

인정하고 받아들이면 편해.
마음속의 절대 채워지지 않는
텅 빈 한 공간은 살면서 내내 허할 거야.
그 공간 사이로 살면서 삶의 상처들이
왔다 갔다 하는 거고.
돈, 명예, 이성, 타인의 시선들에
담금질한 것들 말고
네가 원하는 것들로
남은 나머지 공간 채우면서 살자.

· · · · · · ·
그냥 다 내려놔. 정말 다 내려놔. 그럼 돼.

세 들어 산다는 것

　광화문 교보문고에는 발자국이 많았다. 수많은 발자국 수와 함께 울려 퍼지는 발소리만큼이나 세 들어서 사는 책들도 많았는데, 그들은 경쟁이라도 하듯 탑을 쌓아가며 문패에 '베스트 셀러'와 '스테디 셀러'라는 문구를 붙인 채로 거주하고 있었다. 문득 내 책이 떠올랐다. 오른 집세를 걱정하며 집주인의 눈치를 볼 것만 같은 나의 책. 괜스레 걱정이 돋아나 내 책이 잘 지내고 있는지 먼 구석을 배회하는데 어느새 내 책은 서고로 밀려나 보이지 않았다. 그 상황이 나라는 사람이 지닌 장면과 참 닮았다는 생각이 들었다. 서울의 울창한 빌딩 숲과 늘비하게 줄 선 아파트를 배경으로 한 거리. 그 길을 사람들의 치대 끼는 어깨에 끼여 수천 번, 수만 번 오고 가는 나. 하루가 끝나 지친 마음에 고개를 숙였다가 때로는 고개를 올려 밤하늘을 바라볼 때 펼쳐보는 나의 기분. 그 기분은 이 도시에는 내가 세 들어갈 곳이 없을 것 같다는 불안감과 압박감으로 가득하다. 나는 그 불안감과 압박감을 '나'에서 끝내고 싶어, 어쩌면 결혼과 출산은 포기하는 것이 옳다며 늘 되뇌는 인간이었다. 하지만 나의 그런 영혼을 잘라 태어난 책이 사는 곳이라 그런지는 몰라도 커다란 서점에서 방황하고 있는 내 책을 보니 이런 나라도 안아 줘야 한다는 생각을 했다.

　글 쓰는 일을 하는 한 친구는 내게 말했다. 대한민국 책의 중심이라는 이 공간에서 높지는 못해도 적어도 낮은 탑을 쌓아야 어디 가서 책 파는 **'작가'**라고 말할 수 있을 거라고. 많은 사람이 생각 없이 들고 내려놓는 수많은 시험을 거치고, 탑을 쌓아 올린 책만이 자신의 가치를 끝내 인정받을 수 있는 것이라고 말해주었다. 그 말을 듣고 곰곰이 생각하다, 수많은 탑 근처를 배회하며 자신의 무덤을 파고 있을 내 책의 미래가 떠올랐다. 자신감과 자존감 혹은 스스로 부여하는 가치와는 별개의 문제로, 아마 내 책은 곧 창고를 향해 여행을 떠날 것이다. 물론 그것도 본전이라고, 아니 순리라고 말해야 하겠지만. 하지만 낭떠러지에 한발을 올려놓고 한발을 공중에 띄운 채로 글을 써서 만든 내 책이 창고에 돌아간다고 한들, 나는 이상하게 생각하지도 않고 후회하지도 않으리라고 다짐했다. 하긴 뭐, 창고로 돌아간다면 나도 창고로 들어가면 되지 않겠는가. 누가 뭐래도 내 영혼의 조각인데. 물론 어둡고 눅눅하고 찝찝하겠지만 아이러니하게도 그 어두운 곳에서 분명 빛은 가장 밝지 않을까.

책을 위한 글이니, 글을 위한 책이니, 다들 말은 많다만 한 가지 확실한 건 '진짜' 탑은 작가가 쌓는 건 아닐 것이라고 용기 내어 말해본다. 분명 '진짜' 탑이라는 것은 가깝든, 멀든 독자에 의해 −설령 단 한 명일지라도− 천천히 하나, 둘 쌓여가는 거겠지. 물론 저 밝은 곳에서 유명을 밟고 높이 쌓이지는 못해, 어두운 창고 속에서 잔잔히 옅게 퍼지는 빛을 지닌 책으로 살다 가더라도, 어둠을 밝힌 책으로 누군가의 기억에 조금이라도 자리잡힌다면 그건 그것대로 의미 있는 책, 아니 그것 또한 우리 삶일 것이라고, 내 책과 함께 소주 한잔 기울인 채 한참 떠들다, 꿈을 향해 서로에게 세 들어 살자며 서서히 늙어간다.

Writer's Pick♪ Heard 'Em Say (feat. Adam Levine) - Kanye West

채널 체인지

틱. 틱. 꾹. 꾹.

 채널을 바꾸고 싶었다. 왜 그런 날 있지 않은가. 아무 생각 없이
멍은 때려야겠는데, 그렇다고 정말 아무것도 하지 않으면 불편할
것 같아, 그냥 옵션이 되는 부수적인 녀석들이 필요한 날. 대표적
인 녀석들로 텔레비전, 라디오, 음악 등이 있는데 나는 주로 음악
을 틀어놓는 편이다. 그런데 오늘은 이상하게도, 그냥 텔레비전이
틀고 싶었다. 텔레비전을 좋아하지 않는 나로서는 신기한 일이고,
희귀한 일이다. 그래서 오랜만에 온 이 필(?)을 놓치고 싶지 않아
텔레비전 리모컨의 전원 버튼을 눌렀다.

 생각해보면, 텔레비전은 참 신기한 기계다. 어린 시절, 콘센트에
전원 케이블을 연결하면 텔레비전의 움직이는 그림이 나온다는
사실이 −물론 요즘은 다양한 셋톱박스들이 많지만− 너무나도 신
기했다. 지금은 전자 신호를 통해서 만들어진 결과물임을 알지만,
이과 계열이 아닌 나로서는 아직도 너무 신기한 것! (그래, 내가
바보라서 그런 듯) 아무튼 이 신기하고도 특이한 기계는 틀어놓는
것만으로 인간을 편하게 만들곤 한다. 정확하게 기억은 나진 않지
만, 어떤 건축학자는 텔레비전이 인간의 DNA가 자연스럽게 원하
는 구조물이라는 이론을 말했다. 문명이 덜 발달했던 선사시대에
인간을 지켜주던 것은 불이었는데, 지금은 텔레비전이 그 역할을
하고 있다는 것. 우리의 먼 조상들은 하루의 일과가 끝날 때면 자
연스레 모닥불 주변에 모였고, 외부적인 위협요소로부터 자신들

의 체온을 유지하고 신체를 보호하며 따뜻한 안정감을 느꼈단다. 그러한 감정과 느낌이 우리의 DNA에 기록되어서 우리도 모르게 빛(?)나는 텔레비전 가까이 모이게 된다는 것이다.

그래서 그런 걸까. 불안한 마음이 들어, 안정시켜줄 따뜻한 무언가를 찾아 한참을 방황하던 나는 끝내 텔레비전의 화면에 끌린 것이다. 물론 랩탑 화면으로 나의 취향인 영화나 뮤직비디오를 틀어놓을 수도 있었지만, 내가 선택하는 것이 아닌 방송국에 의해 송출되는 방송을 무의식적으로 보며, 격렬하게 아무것도 하지 않는 멍을 때리고 싶었다.

내가 처음 번호를 누른 채널에서는 한 예능 프로그램이 여러 효과음을 내며 방송되고 있었다. 우리나라의 집과 집값에 관련된 예능이었는데, 출연한 패널들은 여러 집의 장단점에 관해 웃음꽃을 피우고 있었다. 좋은 금액의 기준과 역세권, 집의 채광과 실내 장식 등, 방송에 나온 집이 얼마나 좋은 집인지 이야기하며 이 집에 살게 된다면 누구나 행복해질 수 있다는 식의 이야기가 펑퐁을 쳐댔다.

지루했다. 그 이야기들이 오가는 것을 멍을 때리면서 보고 있는 나의 삶도 꽤 지루하다는 생각을 하자, 문득 공인 중개사를 준비하고 있다던 친구의 말들이 떠올랐다. 그 친구가 하는 말들과 저 예능에 출연한 패널들이 하는 말들이 퍽 닮았다는 생각이 들었다. '예능은 원래 재미를 추구하는 채널이 아니었나, 대체 저 이야기가 뭐가 재밌지?'라는 생각이 점차 들다가 '하긴, 나와 취향이 다른 사람도 이 넓은 세상에 많이 존재하겠지.'라는 생각이 들었다. 아, 물론 채널은 돌리기로 마음먹었다.

무슨 채널을 틀어야 할까, 하다가 막무가내로 숫자를 누르기로 했다. 눈을 감고 아무 숫자나 마구 '틱, 틱, 꾹, 꾹' 눌렀다. 얼마나 눌러댔을까. 손가락이 멈춘 한 채널에서 뉴스 방송이 흘러나왔다. 뉴스의 내용은 특수청소업체 청소부들의 일상 이야기였다. 시중에 이미 출간된 특수청소부의 일상과 노고에 관련된 책을 몇 번 훑어봤던지라 익숙했는데도, 이상하게 눈길과 귀가 텔레비전 화면에 꽂혔다.

특수청소업체 청소부의 일이 비단 스스로 목숨을 끊은 자들의 자리를 청소하는 것만은 아니겠지만, 아무래도 방송에서는 그 부분을 집중적으로 조명하는 것 같았다. 특히 청춘들의 자살과 그들이 살았던 보금자리에 대한 부분이 적나라하게 방송되고 있었다. (자극적인 이야기가 시청률에 도움 되는 것일까) 스스로 삶을 마감한 청춘들의 보금자리는 대부분 고시촌 근처의 단칸방이 많았다. 그들의 방은 남루하고 초췌했으며 눅눅했다. 하지만 그와 반대로 벽에 붙여 놓은 문구라던가, 그들의 스케줄러 혹은 일기는 겸허한 마음이 들 정도로 노력이 묻어있었다. "밑바닥을 치면 올라갈 일이 남아있다, 하면 된다, 노력은 성공의 어머니다." 등의 희망적인 문구들로 가득 차 있어, 피폐한 공기를 지닌 방과 이질감이 들었다. 여러 가지 색이 복잡하게 뒤섞여버린 그 공간 안에서 그들은 삶을 어떻게 꿰어내며 살아가고 있었을까. 그리고 그 꿰어냄의 과정에서 대체 무엇이 그들을 절망하게 했을까. 물론 그들이 절망한 이유에 대해서 깊숙하게 들어가자면 사회적, 개인적인 문제가 끊임없이 튀어나올 것이기에 나는 말할 자격이 없다. 다만 나는 그저 처연했다. 그 이유는 어디서부터 발현된 것일까.

어린 시절, 나는 어른들로부터 "노력하면 성공할 수 있다."라는 격언을 참 많이 들으며 자라온 것 같다. 이 문장은 나와 같은 학창 시절을 보낸 이들이라면, 가정에서든, 교과서에서든, 학교에서든, 아마 지겹게 들었으리라. 물론 '노력'이라는 미덕이 지닌 가치, 자체의 아름다움은 분명 존재한다. 그래서 아마 노력하는 인간의 모습은 그 자체로 아름답다는 말을 많은 이들이 하는 듯하다. 다만 녀석이 이 세상에 합당하게 적용이 되는 것 같지 않을 때, 혹은 아무리 노력해도 넘지 못하는 벽의 존재와 어두운 그림자로 인해, 더는 그 가치가 보이지 않는 순간은 분명 현실 속에서 존재한다. 그 그림자 속, 깊은 어둠에서 발버둥 칠 때, 노력을 자신보다 덜함에도 불구하고 혹은 노력하지 않고 운 좋게 태어났다는 이유만으로 자신의 꿈을 쉽게 취하는 이가 보일 때, 그 단칸방 속에 사는 어린 별들이 내는 빛은 무슨 색이었을까. 커다란 꿈이 아닌, 평범하게 살아가는 일상을 노력만으로는 만들 수 없다는 것을 깨달아 자신의 삶을 저버릴 때, 과연 그때도 '노력'이 부족했다는 말을 우리는 꺼낼 수 있을까.

상상해본다. 만약, 2~3평 되는 그 단칸방에서 사라진 별들이 다른 상황과 다른 공간이었다면, 과연 꿈과 삶을 포기했을는지. 물론 돈이 전부가 아닌 세상이라고 누군가는 말한다지만, 우리의 삶에 너무 많은 부분을 차지하고 있는 이 사회에서 보통의 경제적 여건이 따라주었다면, 과연 그들은 자신을 포기했을까. 내가 막무가내로, 랜덤으로 틀었던 이 텔레비전의 채널처럼 —나는 선택이라도 해서 채널을 눌렀지만— 선택조차 하지 못한 현실 삶의 채널에 의해 사는 것이 너무나 힘들다고 느껴, 스스로 채널 돌리듯 저버린 것이 아니었을까.

한참 동안 예능과 뉴스, 두 채널을 번갈아서 틀어댔다. '**틱, 틱, 꾹, 꾹**' 같은 색상을 지닌 화면인데, 두 방송이 지닌 분위기와 온도는 분명 달랐다. 마치 냉탕과 온탕을 오가듯. 살갗이 적나라하게 찌릿한 기분이 들어, 더는 텔레비전을 볼 수가 없어 전원 버튼을 다시금 눌러 화면을 죽였다. 잠잠해지고 꺼뭇해진 화면을 바라보니, 내 마음도 꺼져버린 것 같아 불씨를 찾아 한참을 헤맸다. 눈을 감고 방바닥에 누워 마음속의 빛을 찾아보기도 하고, 아까 든 생각을 차분히 정리해보기도 했다. '내가 뭐라고 그들의 삶에 대해서 함부로 생각하고 이러해서 그런 것이라 속단할까. 나는 그럼, 고통스러운 삶에 대해서 끊임없이 불평하고 염세적으로 살아야 한다는 생각을 마음속에 들이고 싶은 걸까.' 이런 생각을 하니 마음이 편해지고 싶어 선택했던 멍이 마음속에 더 짙은 멍을 남겼다.

삼신할머니가 이런 기분일까. 새로운 생명이 태어날 때, 이 아이는 어떤 채널에 맞춰 주어야 잘 살려나, 하며 드는 생각. 아니면 그냥 삼신할머니 같은 건 애초에 없는 거고, 우리는 그냥 자연의 섭리에 따라 그런 운명이 주어지는 것인가. 그렇다면 그 단칸방에서 자신의 생명을 저버린 이들은 너무 처연한 운명이 아닌가. 저버린 그들을 비난해야 하나, 어지러운 세상을 비난해야 하나 혹은 그렇게 태어난 운명 자체를 비난해야 하나. 누워서 쉬고 있는 일러스트가 그득한 베스트셀러, 또는 힐링 도서의 내용처럼 뻔하더라도 필요한, 따뜻한 위로를 내게도, 누군가에게도 던져주고 싶은데, 누워 있는 내 마음은 그다지 편치가 않다.

아름다운 집과 그 집값을 논하던 예능을 욕하고 싶지 않다. 그렇다고 청춘들의 슬픈 삶을 집중조명하는 그 뉴스의 편을 들어주고 싶지도 않다. 그저 이런 세상에 살아가는 나 자신도 불쌍하고, 청

춘들도 불쌍하고, 어떻게 살아보겠다고 발버둥 치는 인간과 삶이
라는 것 자체가 불쌍하다는 생각이 들었다. 하지만 그 생각도 잠
시, 누군가를 동정할 자격도 없는 나 자신에게 동정심이 들어 다
시금 눈을 감았다. 마음속의 화면을 키고 싶어 한참 동안 주변에
리모컨이 없는지 둘러보는데, 아무것도 보이지 않는다. 아마 오늘
밤엔 어느 곳에서든, 텔레비전 화면을 다시 켤 수 없을 듯하다.

???!!!
'티이익, 꾸우욱….'
켜는 소리일까?
끄는 소리일까?

무슨 소리든 이 어둠에서
찰나라도 밝아지기를.

Writer's Pick♪ I'm A Fool To Want You - Billie Holiday

멀어진다는 것

　멀어진다는 것에 관한 생각을, 했다. 이 생각을 하게 된 계기는 굉장히 평범하면서도 이상한데, 만약 내가 어린아이였다면 평범할 것이고 성인이라면 이상하다고 말할지 모른다.

　숙취가 심한 어느 날, 이상한 공허함이 느껴져 집 밖으로 무작정 나왔다. 마음의 비어버린 공간을 산책으로 채우고 싶어서 그런 듯한데, 뭐 아무튼 계속 걸었다. 그러다가 아이스크림이 갑자기 먹고 싶어졌다. 동네의 조그만 슈퍼에 들러 오랜 전통을 자랑하는 세계콘을 집고 입안에 우걱우걱 녹여 먹었다. 정확한 시간은 기억이 나진 않지만 아마 오전 10시에서 11시였던 듯하다. 해가 아직 고점에 이른 것 같지는 않았는데 햇볕이 따스해서 그런지, 내 입으로 우걱우걱 아이스크림을 쑤셔 넣어서 그런지, 녹은 아이스크림이 내 손길을 향해 산책을 시작했다. 원래의 내 성격이라면 주변에 어떻게든 수도(水道)를 찾아서, 아이스크림의 산책을 막았을 거다. 하지만 숙취 때문인지, 기분이 허해서 그런지 아이스크림 국물(?)의 산책을 내버려 두었다.
　자유를 좇아간 아이스크림은 어느새 놀이터 벤치 근처를 배회하기 시작했다. 그렇게 아이스크림의 산책인지 러닝인지 모를 행적을 한참 눈으로 따라다니다 그 주변을 둘러싼 개미들의 행진을 포착하게 되었다. 개미들은 마치 회식을 나온 도시의 직장인들처럼 쉴새 없이 더듬이를 서로 맞댄 채 움직였다. 아이스크림을 먹으려는 건지 옮기려는 건지, 그들의 정확한 섭취 방식은 알지 못했지만, 서로에게 음식을 추천하며 아주 진한 텔레파시를 사용하는 듯한 움직임을 보였다. 이내 만남이 아쉽지도 않은 듯, 아이스크림 근처를 배회하다 각자의 길을 향해서 또 다른 행진을 시작했다. 그러한 움직임을 한참 바라보니, 어렸을 때 보았던 위인전의 파브르가 떠올라 가장 오래 교감을 하는 두 마리의 개미를 집중해서 관찰하기 시작했다. 그들은 마치 우정이 깊은 친구 같았고 사랑하는 연인 같았으며 같은 분야에서 협업하는 최고의 파트너 같았다. 다른 개미들과는 달리 덩그러니 호수를 이룬 아이스크림을 정경으로 이야기를 하는 듯했다.

두 개미는 한참을 서로 쳐다보았다. 나 또한 그 두 개미를 한참을 쳐다보았다. 그 시선을 바라보다 보니 이상한 호기심이 생겨났다. 지금 생각해보면 굉장히 못된 생각이라, 곤충 학대(?)를 했다고 해도 할 말이 없으니 미리 양해를 구한다. 나는 슈퍼마켓으로 가서 생수 한 병을 샀다. 그러고 나서 벤치 주변에 동그랗게 고인 아이스크림 호수를 생수로 씻어 보냈다. (물론 개미에게는 최대한 닿지 않게끔 노력했다!) 그리고 그렇게 아이스크림 호수가 생수에 섞여 흙더미에 흡수되고 나니 언제 그랬냐는 듯 개미들은 대부분 뿔뿔이 흩어졌다. 그런데 정말 신기한 건, 그 두 개미는 이런 상황에서도 한참을 이야기하는 듯이 있었다는 것! (물론 나는 파브르가 아니기에 그들이 왜 그런 행동을 했는지 전혀 분석할 수 없었다)

멍을 때리듯, 두 개미를 관찰했다. 멍의 기운이 서서히 사라질 때쯤, 두 개미의 거리는 이제야 벌어졌다. 그들은 **점점 멀어지고 있었다.** 그리고 서로의 등을 뒤로 한 채, 각자의 길을 향해 걸어가기 시작했다. 그 두 개미는 뒤돌아 멀어지는 상대를 바라봤을까. 글쎄, 이상하게도 기억이 나질 않는다. 분명 숙취는 사라지기 시작했을 텐데.

두 개미가 멀어진 이유에 대해서 곰곰이 생각했다. 아이스크림을 무엇으로 규정해야 할까. 빛나는 것, 반짝이는 것, 맛있는 것 혹은 그들의 세계에서 맛있는 것을 살 수 있는 어떤 화폐라고 생각한다면 그것은 개미들에게 황금 호수가 아니었을까. 그런데도 왜 그 두 개미는 아이스크림의 존재를 앞에 두고 -다른 개미들과 다르게- 한참을 이야기했을까. 물론 아이스크림에 관한 이야기를 했을지도 모르지만, 만약 그들이 서로를 인연으로 생각했다면 분명 다른 이야기와 관계에 관한 진행이 되지 않았을까 하는 공상을 잠시나마 했다.

그들에게 있어 애초에 아이스크림의 존재는 그리 중요하지 않았다. 그들은 더듬이를 맞대고 소통한다. 서로에 관해, 서로의 생각에 대해, 서로라는 존재의 삶에 관하여. 그리고 이 세상에서 **절대** 만날 수 없는 인연을 만난 것처럼 한참을 소통하고 이야기한다. 시간이라는 시계의 부품이 망가져서 그러한 것일까. 옆에서 황금 호수가 생기든, 아이스크림의 강이 흐르든, 그들에게 중요치 않다. 중요한 것은 오로지 **서로라는 존재다**. 이 드넓은 우주에, 이 널찍한 세상에 이런 인연이 어디 숨어 있었나 할 정도로 서로의 생각이 공감으로써 불타오른다. 그렇게 한참의 시간이 흐르고 흘러 개미들의 인생에서 퍽 긴, 사람으로 치면 몇 년의 시간이 흘러버린다. 시간이 너무 흘러버린 걸까. 고장 난 시계가 새로운 부품을 찾아 고쳐진 건지, 그들의 배경은 이제 멈추어 있지 않다. 흘러가는 배경과는 반대로 어느 순간 서로라는 존재의 톱니바퀴가 멈춰 버렸다. 다름을 인정하지 못해 분노가 생기고, '어떻게 내 생각에 동의하지 않을 수 있지?' 하는 의문이 번져나간다. 서로에게 맞추어져 있던 줌은 아웃이 되어버려 주변을 둘러보니 이제야 흐르고 있는 세상이 보이기 시작한다. 그들은 서로의 인생을,

*원래부터 **가야만 했던** 길을 걷기 시작한다. 뒤를 돌아보고 싶지만, 뒤돌아봐도 의미가 없음을, 이제는 서로가 인연이 아님을 알기에 오롯이 앞만 바라본다. 서로에게 집중했던 줌이 아웃 되고 환경이 변했다는 것을 알게 된 그들은 **이제** 자신의 인생에 집중해야 함을 깨달았으니까. 그렇게 점점 멀어지고 멀어진다. 다시는 안 볼 것처럼.*

 사람과 사람이 멀어지는 것도 이와 같지 않을까. 평생 갈 것만 같은 인연들이 예기치 못한 사건으로, 혹은 나이가 들어가고 환경이 변했다는 이유만으로 멀어지고 멀어진다. 그 거리가 멀어지는 게 싫어서, 서로의 추억을 꺼내고 때로는 함께 곱씹지만 불편한 정적이 흐른다. 물론 서로의 환경과 상황이 바뀌어도 그 정적이 편한 관계도 있다. (그런 관계는 너무나 사랑스럽고 편안한 것!) 하지만 이 관계는 그렇지 않다. 그냥 단순히 서로의 길이 갈라진 것이고 인연의 유효기간이 끝나버린 것임을 마음 깊은 곳에서 스스로가 인지하고 있다. 그리고 그러한 과정이 반복되다 보면 관계가 소원해질 때, 이 관계도 곧 사라질 것이라는 슬픈 예감에 젖어들고 만다.

 이제는 익숙해질 만도 한데, 아직도 나는 어떠한 관계가 끝날 때마다 늘 공허하고 허한 느낌에 한참을 허덕인다. 분명히 이 관계는 멀어질 수밖에 없는 관계일 텐데, 내가 아무리 발버둥 치고 노력해도 분명 멀어질 수밖에 없을 텐데, 하면서도 마음 한구석에는 너무나 안타깝고 아쉬운 마음에, 흘러 떨어지는 아이스크림처럼 한참 동안 마음의 거리를 배회했다. 그 배회의 에너지 조각들이 마음의 어둠, 그림자를 만들어내니 어제 술을 그렇게 많이 마신 것 같다. 아무리 마셔도 이 공허함이 사라지지 않을 것을 알면서도 계속

들이붓는 한심한 인간!

  언제쯤이면 거리가 멀어진다는 것에 익숙해질까. 서로의 길을 가던 두 개미는 거리가 멀어진다는 것에 익숙해졌을까. 거리가 멀어지는 것에 익숙해질 때쯤이면 나는 조금 더 성숙한 인간이 될까, 아니면 무엇에도 동요하지 않는 로봇과 같은 마음을 가지게 될까. 정답은 무엇일까. 아마도, 정답을 내리지는 못할 듯싶다. (나만의 정답 같은 합리화조차) 앞으로 살면서도 그 멀어지는 관계들은 내가 원치 않는다 한들 계속 생겨나겠지만, 아직 어린 마음의 나는 그 멀어지는 관계가 더 생기지 않았으면 좋겠다고, 하며 이내 아이스크림을 하나 더 사버린다. 아, 나에게서 멀어지지 않는 것이 하나가 있구나. 크기는 작아졌어도 세계를 사랑하는 이 세계 콘처럼, 달콤한 것이 맛있다는 것만큼은 멀어지지 않는다아!

Writer's Pick♪ 귀향 - 김동률

아름다운 눈

세상에서 가장 아름다운 눈은 어떤 눈일까.

깊고 깊게 생각해 본 결과, 사랑하는 이의 상처를 바라보는 눈이 아닐까, 하는 생각이 들었다. 오랜 날, 그 당시에 만나던 여자친구와 길을 가다 지나가는 자전거에 내 무릎이 부딪혀 상처가 난 기억이 있다. 당황한 듯 놀란 여자친구는 잠시 기다리라는 말과 함께 약국으로 뛰어가 연고와 함께 밴드를 사 왔다. 그리고 나를 벤치 의자에 앉힌 뒤, 가느다랗고 하얀 손가락으로 천천히 약을 발라주며 걱정의 말들을 해주었다. 나는 그날, 그때, 그 순간, 그 장면을 잊을 수가 없다.

봄과 여름이 넘어가는 시기에 불어오던 바람에 흩날리던 그녀의 긴 머릿결. 벤치를 수놓은 커다란 나무의 그늘과 여름의 나뭇잎 냄새, 내 상처에 연고를 섬세히 발라준다며 숙인 그녀의 하얀 목이 햇빛에 반사될 때의 눈부심과 향, 그리고 그 상처를 바라보며 연거푸 고개를 내 얼굴 쪽으로 끄덕이던 그녀의 눈빛.

그날, 그 눈빛에는 분명 사랑이 담겨 있었다고 아직 나는 믿고 있어서 그런 걸까. 이토록 따뜻한 눈을 기억하는 나는 분명 복 받은 존재임이 분명하다.

설령 이번 생 **단 한순간**일지라도.

Writer's Pick♪ 좋은 냄새도... - 에디 신

홀로

때때로 소중한 이가 하루의 끝
저녁 어스름을 등에 지고
언덕 위 정류장에 내려설 때

그 모습이
저무는 햇볕의 색을 무르게 만들어
흔들리는 눈빛과
맞이하는 발목이
떠오르는 저녁 달볕에 휘영청 거릴 때

나는 생각을 하곤 한다

오늘 하루도
힘들었겠구나
쓸쓸했겠구나
적적했겠구나

홀로였겠구나

Writer's Pick♪ 유재하 - 내 마음에 비친 내 모습

여유

진짜 여유란

완벽하지 않은 것들에 대하여

불안함이 없는 것이래요.

그래서 제가 늘 불안했었나, 싶기도 하고.

유다의 마음

 살면서 처음 '배신'이라는 행위를 했을 때가 언제였을지 생각해 본다. 사실 나이가 든 지금 와서 생각해보면 아직 세상의 경험치가 낮은 어린아이의 경솔한 행동일지 모르겠으나, 결국 배신이라는 본질의 씨앗은 비슷하지 않을까 하는 마음에.

 어린 시절 우리 집은 형편이 그리 좋지 않았던 것으로 기억한다. 물론 어렸을 때의 기억이라 정확하진 않지만 커오는 내내 부모님께서 고생을 많이 하셨다는 이야기를 꾸준히 들어왔었으니까. (물론 우리 부모님은 집안 상황과 상관없이 내게 많은 것을 해주셨다. 놀랍도록!) 게다가 부모님은 어린 시절 내내 주로 맞벌이를 하셨기 때문에, 나는 할머니 품에 있는 시간이 많았다는 것만 봐도 우리 집의 형편이 그리 녹록지 않았다는 사실은 어린 시절부터 어렴풋이 알 수 있었다.

 어느 여름날이었다. 태양이 아주 뜨거웠던 날로 기억하는데, 그 무렵 내가 다니던 초등학교에는 더위로 인한 무수한 아지랑이가 피어오르고 있었다. 열정적으로 하늘을 향해 뛰어가던 아지랑이처럼 우리 반 교실 구석에서 한 친구가 온종일 열정적인 자랑을 뿜어내고 있었다. 아, 자랑에 관해 이야기하기 전에 그 친구에 대해 먼저 설명하자면 (정확한 기억은 아니지만) 그 친구는 아버지가 무역? 관련된 직종이라 비행기를 자주 탄다는 자랑을 하는 친구였고 실제로 그 시절에 보기 힘든 미국 장난감이나 외국 과자를 가지고 와, 부모님의 돈이 많다며 자랑을 일삼는 친구였다.

어린 시절의 많은 아이가 그러하듯, 자신의 부모가 가진 것을 자랑하는 아이는 어느 장소에서나 존재한다. (사실 어른들도……?!) 물론 나는 누군가가 자랑하든 말든 별 신경을 안 쓰는 성격의 아이였다. 설령 부러움을 느낀다 해도 잠시일 뿐이고, 그 감정들은 나한테 이득이 되는 부분은 없으니까. 하지만 그날 자랑을 하던 그 친구는 하필이면 나와 사이가 좋지 않았던 친구였다. 솔직히 말하면 어떤 이유로 사이가 좋지 않았는지는 정확한 기억이 나지 않는다. 아마 사소한 다툼이 어떠한 계기(?)로 커지면서 사이가 틀어졌던 것으로 어렴풋한 기억만 지니고 있다. 확실한 것은 사이가 좋지 않았던 시점부터 그 친구는 나에게 소심한 복수를 해댔는데, 지금 생각해보면 참 유치한 복수의 향연이었다. 자랑이 취미였던 그 친구는 자신이 가진 것을 가지고 와서 친구들에게 나누어 주면서 으스대는 것을 퍽 즐겼는데, 맛난 간식 혹은 멋진 장난감을 가지고 오는 날이면 나를 제외한 다른 친구들에게만 주거나 나를 소외시킨 채로 함께 가지고 노는 일종의 파티(?!)를 여는 것이다. 지금 와서 생각해보면 정말 유치한 방식이라 아마 지금의 나였다면 오히려 그 소외를 즐겼을 듯하다. 실제로 지금의 나는 고독을 꽤 즐기는 사람이 되어버렸으니까. 하지만 아쉽게도 어린 시절의 나는 그러하지 못했다. 어린 만큼 그릇의 크기도 작고 결도 연하여 때때로 쉽게 부서지는 한낱, 아이였다.

작고 여린 그릇에 생채기가 수없이 스친 탓이었을까. 친구의 유치한 행동이 여러 번 반복되면서 나는 많은 화(?)와 이상한 억울함이 그릇에 꽤 쌓여 있었던 상태였다. 그리고 하필이면 더운 날씨에, 열을 받고 싶지 않아도 받을 수밖에 없을 것 같던 여름날, 그 친구가 자신의 가족과 장난감 그리고 많은 과자에 대해 자랑을 쏟아내며 다시금 나를 소외시킨 날, 나는 학교 수업이 끝나고 그 친구를 포함한 다른 친구들과 함께 집 방향으로 걸어가고 있었다. (하필이면!)

왜 안 좋은 일은 좋지 않은 기분일 때 갑작스레 일어나는 것일까. 그날, 그 길의 중심에는 나의 할머니께서 앉아 계셨다. 할머니는 다른 할머님들과 담소를 나누시며 길거리에 앉아 계셨고 시장에서 방금 장을 보셨는지, 검은 봉지에 반찬거리를 꺼내 놓으신 채로 수다를 떨고 계셨다. 할머니께서는 아마 멀리서 걸어오는 나를 순간적으로 발견하신 것 같았고 (사실 어디까지나 나의 짐작이지만) 나 또한 멀리서 보이는 할머니의 모습을 보고 나의 할머니라는 것을 알아챌 수 있었다.

그 순간! 나는 생각보다 몸이 먼저 반응하며 발걸음을 다른 방향으로 던져 버렸다. 그때의 마음을 정확하게 어떤 마음이라고 묘사할 수는 없겠지만, 무리의 중심에 있었던 사이가 좋지 않은 친구의 으스대는 표정과 행동이 떠올랐다. 이상한 창피함이 마음 한 구석에서 흘러나왔다. 그리고 그 흘러나온 마음은 나의 발걸음을 할머니가 계신 곳이 아닌 다른 방향의 골목으로 달아나게끔 했다.

뛰고 뛰었다. 숨이 턱까지 차올라 죽을 것 같은 기분을 처음 느낀 게 아마 내 생에서 그때가 처음이지 않았을까. 이상한 부끄러움과 할머니를 모른 척했다는 죄책감 그리고 양심의 무게가 턱의 정상까지 고스란히 느껴졌다. 물론 할머니께서 나를 못 알아챘을 수 있다. 하지만 나는 분명히 그 순간 나의 할머니라는 존재를 '배신'했다는 것을 **완벽하게** 실감했다. 물론 어린 나이였기 때문에 '배신'이라는 단어의 존재조차 몰랐을 수도 있지만, 확실한 것은 할머니를 모른 체했다는 마음의 배경 속, 누군가를 저버리는 악역을 맡았다는 느낌을 분명히 체감했다.

　나는 대체 왜 할머니를 모른 체했던 것일까. 사실 나의 할머니는 내게 창피한 존재가 절대 아니었다. 오히려 지금 와서 생각해보면 세상에서 가장 자랑스러운 사람이라고 하는 것이 더 맞겠다. 집에 잘 계시지 않는 부모님을 대신해서, 나와 내 동생을 하나라도 더 보살펴 주려고 하셨던, 엄마와 아빠의 능력을 모두 갖추고 계셨던 최고의 히어로였으니까. 그런데도 나는 그날 다른 골목을 향해 달리고 달려, 끝없이 이어지는 개미굴 같은 골목의 끝에서 이상하리만큼 울음을 토해냈다. 그때의 어린 나는 아마, 나라는 사람의 자그마한 그릇의 크기를 처음으로 실감해서 울었던 것이 아니었을까. 찰나의 순간이지만 길가의 턱에 앉아 계시는 할머니라는 존재를 창피하게 느꼈던 마음. 사이가 좋지 않은 친구의 자랑에 느낀 자격지심. 할머니가 집에 계시지 않을 때면 느꼈던 부모님의 부재로 인한 허한 느낌. 이 모든 것들에 대한 부끄러움으로 인하여 나라는 인간의 비겁함에 치를 떨어, 숨이 차오를 때까지 달리고 달려 울음이라는 벽에 도착한 것이라고, 짐작한다.

　다짐했다, 나는. 그날 깊숙이. 살아가는 내내 절대로 내 사람들을 부끄러워하는 사람으로 살지 않겠다고. 타인의 시선과 잣대를 신경 쓰지 말고, 내 옆에 있는 소중한 사람들을 더 소중한 마음으로 간직해야겠다고. 삶의 굴곡에 대해 아무것도 모르는 어린 나이임에도 불구하고, 모습과는 어울리지도 않는 이상하고도 웅대한 생각을 마음 한구석에 품게 된 것이다.

　아마 내가 그러한 생각을 가졌던 것은 처음으로 '**배신**'이라는 행위를 **제대로** 몸소 느껴서가 아니었을까. 많은 사람은 누군가를 배신한다는 행위에 관하여 상대가 인지하게끔 믿음을 저버리는 행위라고 생각할지 모르겠다. 하지만 나는 상대가 설령 그 사실을 알지 못한다 한들, 나 혼자서라도 상대에 대한 믿음을 저버렸다면 그것 또한 배신이 아닐까, 생각한다. 그렇기에 어린 나는 마음속에서 유다의 마음을 제대로 체험한 것이다. 하지만 아이러니하게도 그 어린 시절 유다의 마음을 제대로 체험했기 때문에 나는 살아오는 내내 수많은 선택의 갈림길에서 유다를 택하지 않을 수 있었다. 물론 '첫 배신'의 경험이 살아가면서 꼭 필요하다는 말을 하려는 것은 아니다. 살아오는 내내 단 한 번도 배신하지 않고도 도덕적으로 살아가는 이들은 많으니까. 하지만 나는 원체 부족한 인간이라서 그런지, 더 나은 인간이 되고 싶음에도 매일 무수히 흔들리며 마음을 다잡는 사람이다. 그 성격 덕인지 첫 책을 내고 '나'라는 인간의 삶을 다시 한번 반추하면서 언젠가는 나의 어린 시절 가장 수치스러웠던 기억을 다음 책에 적으리라고 마음먹었다. 나라는 사람의 가장 따뜻한 일면을 드러낸 공간이 첫 책이었다면 이 공간은 나라는 사람의 가장 솔직한 모습들을 드러내고 싶었던 공간이니까. 그리고 치부를 드러내야만 앞으로 더 제대로 된 글을, 아니 제대로 된 인간으로 살아갈 수 있을 것 같았으니까.

수치의 기록을 기념 삼아, 다시금 다짐한다. 살아가는 내내 유다만은 되지 말자고. 어떤 소설가는 예수를 질투했던 유다의 마음을 이해한다고 했지만, 현실에서 유다가 된다는 것은 굉장히 꺼림칙 하고 마음이 무거워지는 일이다. (한국의 그럴듯한 도덕교육에 박수를 보내야 할까) 물론 원치 않더라도 살아가면서 누구나 예수를 배신했던 유다 혹은 베드로의 마음을 가지게 되는 순간이 있다. (아, 참고로 나는 무교를 지향하며 살고 있다. 이 글은 절대로 종교 지향적 글이 아니다. 저는 평화를 사랑합니다, 그러니 나도 사랑해줘요. PEACE!) 그 배신의 순간을 스스로 느꼈을 때, 보통의 사람은 자신의 치부에 부끄러움을 느끼고 기억을 지우려 하거나 마음속 깊은 곳에 숨겨두려 한다. 나도 이 글을 쓰기 전까지 그렇게 살아왔으니까. 하지만 인간은 누구나 실수하며 살아간다. 중요한 것은, 실수했을 때 숨기려 하기보다는 어떻게 책임을 지고 더 나은 인간이 될 수 있을지 자신의 삶을 복기하고 고민하는 지점에 있는 것이 아닐까. 앞으로도 살아가면서 절대로 예수나 부처, 공자나 소크라테스 같은 성인은 될 수 없겠지만 최소한 진정한 **인간**처럼 살아보고 싶어 발버둥 치리라고, 어린 시절 나에게 새끼손가락을 걸어본다.

할머니가 아프시단다. 분명 예전보다 더 자주 아프시고 약해지셨으리라. 그래서 그런지 더 신경이 쓰여 더 자주 찾아뵈려 한다. 가끔 -시간이 오래 흘렀음에도 불구하고- 할머니를 찾아뵐 때마다 그때의 기억이 튀어나와 죄송하고 아련한 마음이 슬픈 모서리에서 새어 나온다. 하지만 그것 또한 내가 할머니를 모른 체한 어린 시절의 벌이자 책임감이겠지. 그 벌과 마음이 있기에 나는 앞으로도 할머니를 온 진심을 담아 사랑할 수 있을 테니까.

뿌연 먼지가 쌓인 타임머신을 꺼내 본다. '어린 시절 할머니와 시간을 보내던 날들'이라는 버튼을 꾹 누른다. 휘잉. 더운 여름날, 할머니 댁의 시원한 마룻바닥에서 수박 한 조각을 베어 먹는다. 찬 수박 조각들을 재빨리 먹어서 그러한지 배가 살살 아프다. 할머니께 배가 아프다고 말씀드리니 어느새 무릎을 내어주시고는 베고 누우라 하신다. 그리고 할머니는 "할미 손이 약손~"이라고 속삭이시며 따뜻하고도 굳은 손으로 한참 동안 배를 만져주신다.

크게 열어놓은 창문 밖으로 여름의 희미한 바람과 매미울음이 솔솔 불러온다. 그리고 나는 마음의 중심에서 한가지 소원을 되뇐다. 할머니께서 더 오래도록 내 옆에 계시면 좋겠다고. 그저 아주 오래, 오래도록 행복하게 안온하시면 좋겠다고.

Writer's Pick♪ The Two Lonely People - Bill Evans

중경삼림 Part 2

한 남자가 거리를 배회한다.

일 때문일까, 젖어 드는 상념 때문일까. 어두워진 골목과 노란 가로등 사이로 그의 발걸음이 묻는다. 그는 모르겠지만, 그가 걸을 때마다 무대 위, 핀 조명 아래 동선처럼 발자국이 자리를 남기고 있다. 어쩌면 거리를 **단속**하는 것이 그의 업일지도 모르겠다. 그는 거리를 짓이기며 사람들을 관찰하고 지나간다. 부딪힐 듯, 부딪히지 않을 듯, 아슬아슬하게 지나가는데 결국엔 부딪히지 않는다. 그와 사람들의 거리는 그래도, 0.01cm 이상으로 유지된다. 그 거리를 유지하는 것이 그에게는 꽤 힘든 작업이다. 그도 그것을 인지했는지 어느새 속으로 되뇐다. **'숨을 골라내야 한다고.'** 걷기만 했을 뿐인데도, 여름과는 어울리지 않는 차가운 밤공기가 그의 혈관을 돌아다니며 온몸을 콕콕 쑤셔댄다.

그는 마지막 업을 완수한 후, 늘 들려 커피를 홀짝이던 가게에 발걸음을 멈춘다. 커피는 '따뜻한 블랙커피'로. 찌는 듯한 열대야의 기운이 만연한 길 한복판에서, 따뜻한 블랙커피를 마시는 그. 그는 원칙주의자처럼 보이지만, 어쩌면 강박증에 시달리는 환자일지도 모르겠다. 자신이 만들어 낸 규칙 속에서 그렇게 행해야 마음이 편한 사람. 그도 그것을 알고 있지만, 그것을 변화시키는 것이, 쉽지 않음을 누구보다 잘 알고 있다. 그래서 그는 그렇게 밤의 단속을 늘 행하는 것이다.

늘 커피와 함께 곁들여 먹던, 샐러드를 찾는다. 밤거리를 배회하는 사람은 탄수화물을 많이 섭취하면 위험하다는 원칙이 있는 그는, 샐러드를 찾는다. 사실 자기관리를 위한 원칙 같지만, 그가 지닌 대부분 원칙은 사랑한 이가 지나간 흔적에 불과하다. 그녀는 밤이면 늘 샐러드를 찾았고, 탄수화물과 글루텐의 위험성을 강조하는 사람이었다. 물론 그는 그것을 인지하지 못한다. 그저 **원래부터** 자신이 커피와 샐러드를 함께 찾는 사람이었다고, 그렇게 믿고 있다.

아무도 없고, 한적한 새벽 시간에 일하는 것은 분명 '그'만 있는 것은 아니다. 그가 커피를 마시고 있는 이 조그만 가게에서 일하는 '그녀'도 그러하다. 새벽 시간이라 한적한 것은 좋지만, 그녀도 이 가게를 **단속**해야 하는 처지에 놓여있다. 하지만 새벽의 시간은 그녀에게 부담스럽다. 원래부터 서비스업과 맞지 않는 성격의 그녀는 단순히 여행을 위한 돈을 벌기 위해 이 가게에서 일하기로 마음먹었다. 그래서인지, 영속성이 부여된 듯한 이 새벽의 시간 속에서 그녀는 사람들과의 거리를 유지하는 것이 힘들다. 그녀는 무선 이어폰을 귀에 꽂고 있다. 음악을 틀지는 않았지만 오고 가는 손님의 목소리보다 큰 음악이 흘러나온다고 믿고 있다. 그녀는 그저 사람들의 숨이 부담스러웠을 뿐. 그녀와 사람들의 거리는 그래도, 0.01cm 이상으로 유지된다. 그 거리를 유지하는 것이 그녀에게는 꽤 힘든 작업이다. 그녀도 그것을 인지했는지 어느새 속으로 되뇐다. '**숨을 골라내야 한다고.**'

그 순간, 그가 그녀에게로 걸어왔다.

그는 커피와 샐러드를 주문했다. 새벽의 취객과 이상한 손님들이 오고 가며, 횡포를 부리는 것은 여러 번 봤지만 처음 본 이 손님은 더더욱 이상하다. 한여름 길거리에 있는 이 조그만 가게에서 새벽 시간에 뜨거운 커피와 샐러드라니. 심지어 그녀는 샐러드가 메뉴판에 있는 것도 지금 알았다. (물론 그녀는 한 번도, 메뉴판을 제대로 보지도 않았다)

그녀는 샐러드와 커피를 건네며 묻는다.
"한여름에 **뜨거운** 커피와 샐러드를 먹는 사람은 처음 봐요. 왜죠?"
그는 답한다.
"그러게요. 저도 새벽에 일하면서, 이어폰으로 큰 음악을 듣는 사람은 처음 봐요. 아무도 없는데, 그냥 틀어놓으면 되지 않아요?"

잠시, 정적이 흐른다. 이 짧은 한 줄의 대화가 오고 간 그와 그녀는 순간적으로 깨닫는다. 의문이 오고 간 후, 흘러간 짧은 정적 속에서 그와 그녀는 **서로 숨이 오고 갔고, 골라냈고, 이해하게 되었다**고. 그들은 한마디 대화와 정적, 그리고 숨의 교환으로 서로의 본질을 이해했다고, **본능적으로** 깨달은 것이다.
"어쩌면 우주는 우리 안에 존재하고 있다."라는 말을, 그와 그녀 모두 어딘가에서 들어본 적이 있다. 그와 그녀라는 또 다른 우주, 그 찰나의 시간, 생각 속에서 사건은 흘러간다. 그와 그녀는 어느 날, 우연히 한 대화를 통해 가까워지며, 자신들도 모르는 순간, 서로의 문 열쇠를 얻게 되었다고. 그것이 실존하는 문인지, 마음의 문인지 그들도 모르지만, 어쨌든, 그들은 **같은** 공간을 공유하게 되었다고. 그리고 조금은 긴 시간이 흘러, 그들은 서로의 마음을 확인했고, 그들의 우주는 상대를 향해 기울어졌으며, 그와 그녀는 함께 밤의 단속을 끝내며 서로 떠나갈 여행지를 골랐음을, 그와 그녀는 생각하려 한 것이 아니라 **깨닫는다**. 이 모든 사건은 그와 그녀의 현실의 시간 속에서 4초, 아마 그 언저리쯤 될 것이다. 두 사람의 인생에서 어쩌면 가장 중요할지도 모르는 이 사건은 현실의 우주 속에서 채 4초밖에 되지 않는다.

그는 왜인지 모를 기시감에, 한 곳으로 시선을 묶은 채, 식지 않은 뜨거운 커피를 홀짝이며 멍을 때린다. 그녀는 그러한 그를 바라보다, 그가 바라보는 곳을 바라본다. 다시 몇 번의 4초가 흐른 후, 그는 자리를 떠나며 푸른 새벽이 물든 시멘트 거리에 그의 발자국을 짓이긴다. 단, 이제는 사람들과의 거리는 그리 중요하지 않다. 그저, 깨달았던 사건을 망각한 채, **거리를** 단속한다. 그녀는 폰의 설치된, 빨간 달빛이 물든 음악 어플 아이콘에 손자국을 짓이긴다. 그리고 음악을 재생시킨다. 볼륨을 아주 크게 올린다. 단, 이제는 사람들과의 거리는 그리 중요하지 않다. 그저, 깨달았던 사건을 망각한 채, **시간**을 단속한다.

그와 그녀는 단속하고, 숨을 골라내고, 깨닫고, 망각하는 이 몇 번의 **4초**를 다시 반복한다.

그러나 그와 그녀, 둘은 **함께** 알고 있다. 영화와 현실은 분명 다른 것이라고. 하지만 이 모든 것은 다르지만, 같은 우주 속에서 **우리는** 결국 반복될 것이라고.

Writer's Pick♪ What A Difference A Day Made - Dinah Washington

슬픔을 삼키는

별거 아냐, 라는 말이 습관처럼 피부에 번지는 나이가 되어버렸다. 주변에서 "괜찮아? 힘들지?!"라는 말을 연거푸 던져대도 쓴웃음 지으며 받아내는, 그 씁쓸한 잔맛 덕에 입술의 주름이 하루하루 쭈그러지는.

어렸을 때는 나이가 들어갈수록 내가 느끼는 심상을 오롯이 드러내며 살 수 있을 줄 알았다. 세상이 변함에 따라 그 유행은 달라지겠지만, 그것과 상관없이 내가 느끼는 것들을 표현하는 사람으로 살고 싶었으니까. 그러나 아쉽게도, 세상은 내 맘대로 되는 것이 하나도 없다. 계획이란 단어가 왜 태어났는지 의문이 들 정도로.

그 성질이 몸속 깊은 곳까지 배어서일까. 슬픔을 삼키는 사람으로 살고 있다. 꾸준히 다른 방식과 다른 크기의 슬픔을 삼키다 보면 차차 익숙해질 때도 됐으련만. 왜 슬픔을 삼키는 것만큼은 익숙해지지 않는지. 삶이란 녀석은 대체 어디까지 애매하고 모호해질 것인지.

내가 느끼는 이러한 목 넘김을 나 혼자만 느끼는 것일까. 아마 아닐 거다. 현 세상을 살아가는 누구든지 기댈 곳과 것을 찾고 있으니까. 묵묵하게 세상과 어울리는 척을 하며, 잠시의 망각을 도와주는 것으로 자신을 외면하며 슬픔을 억지로 짓이겨 삼켜낸다. 누구나, 하루하루, 마치 햇볕에 바짝 말린 고구마 덩어리를 목에 억지로 쑤셔 넣듯.

문제는 그렇게 한참을 살아가다가 정말 나도 모르게 사소한 것으로, 뽁 혹은 딸깍, 혹은 찔끔, 하는 약간의 건드림과 시발점으로 인해 모든 것이 터지는 날이 가끔 존재한다는 것. 그럴 때면 온몸의 세포들이 비상사태에 접어든다. 마치 혈관 하나하나가 칼에 난도질당한 것처럼.

누워서 눈을 감고 있다. 그리고 눈을 뜬다. 그리고 다시 눈을 감는다. 눈을 뜨든, 감든 달라지는 것은 없으니까. 내 방은 **온전히** 어둠과 우울만이 가득 차 있다. 진심으로 그것에 벗어나고 싶다는 생각이 들긴 하지만, 허덕이는 우울과 슬픔을 짓이겨낼 만한 기력이 없다. 웬만한 것은 다 해봤다. 술도 마셔보고, 친구도 만나고, 책도 읽어 보고, 상담도 받아보고, 운동도 하다가, 명상까지 해봤다. 이만하면, 어쩌면 나는 태어날 때부터 슬픔이 혈관에 가득 차 있는 인간이 아닌가 싶다. 처연하다. 아련하다. 시리다 시려. 남을 걱정하기 전에 나 자신에게 연민이 든다. 외부의 슬픔에 중독되었다던가, 감정에 흠뻑 젖어 든 것이 아니다. 어쩌면 슬픔을 삼켰다는 말은 오류일지도 모르겠다. 슬픔이란 것은 온전히 내 안에서 태어나고 자라난 존재다. 태초에 눈을 뜨고 세상의 공기를 맞닿는 순간부터, 어쩌면 이것은 정해져 있는 운명일지 모르겠다. 아무리 벗어나기 위해 발버둥 처봐도, 모든 것은 거대한 아카이브 속 정해져 있는 하나의 역할일 뿐이다. 나는 그저 슬픔이란 역할을 맡았을 뿐이고, 다만 죽고 싶지만, 죽고 싶지 않아서 발버둥 치기 위해 내 안에 만들어진 슬픔을 밖으로 흘려보낸 후, 다시 삼키는 행위를 반복하는 것이다.

슬픔이 속에서 자라나 뱉어버리고 삼켜낼 때의 내 상태는 이러하다. 사실 이런 글을 책에 쓰고 싶지는 않았다. 이런 상태 자체가 꽹장히 주관적인 판단에 의한 것이고 −물론 책이란 것 자체가 주관이지만− 내 마음 편해지자고 우울이 그득한 글을 써 내려가는 것은, **지금의 나**에게는 필요하지 않으므로. 그래서 언젠가부터 어색한 분위기를 죽이기 위해, 일부러 말을 많이 한다던가, 잘 모르는 사이라 한들 분위기를 주도하며 늘 즐겁게 보이려고 노력했을지도 모르겠다. (물론 그러고 나서 집에 오면 피곤을 느꼈다, 늘)

　게다가 나는 읽는 사람을 단 1 프로도 생각하지 않고, 자기 위로를 하는 식의 글을 그리 좋아하지 않는다. 어디까지나 글은 각자만의 취향이 존재하므로 뭐라 정의 내릴 수는 없겠지만, 내게 글을 쓰는 공간이란 곳은 읽어주시는 분과의 소통하는 세상이라 생각해, 그런 것만은 피하려고 노력하고 있으니까. 그럼에도, 죄송을 한 움큼 머금음에도 불구하고 써버리고 말았다. 내가 슬픔을 쉽사리 삼키지도 못할 만큼 슬픔에 허덕일 때의 정확한 상태를, 나라는 인간의 가장 어두운 부분을. 이 세상에는 분명 나와 같은, 슬픔의 유전자가 DNA에 기록되어 있는 사람이 분명 있을 거로 생각했으니까. 이 글은 다른 수필이나 논설문처럼 설득하려는 글도 아니고 무언가를 주장하는 글도 아니다. 그저 **솔직**에 근거하며 나와 같은 이들이 존재하리라 생각하고 써 내려오고 있다. 늘 긍정적인 글을 기록하거나 공유하고 밝은 상태로 공감해주려 노력하며, 때로로 독자분들에게 오는 메시지에 좋은 답변을 해주곤 하지만, 나란 인간은 사실 이런 나약하고 부족하며 바보 같은 면도 지닌 존재라고. **다만**, 이런 나도 어떻게든 버티며 살아갈 테니까, 그대들도 이 엿같이 슬픈 삶, 까짓거, 같이 한번 살아가자고.

　나는 선택했다. 나에 관한 에세이를 쓰게 된다면 내 감정 상태를 있는 그대로 솔직히 기록하기로. 물론 앞으로 꾸준히 쓸 또 다른 에세이 속에서도 진정 드러내려면 더 성숙해지고 수련하는 긴 과정이 필요하겠지만, 지금, 이 순간, 최대한 있는 그대로 날것으로 드러내자고. 내 속의 것을 표현한 글들이 시가 되든, 에세이가 되든, 소설이 되든, 무엇이 되든 간에 적나라하게 나란 인간에서 배어 나온 것들을 써 놓아야, 그래야 읽는 사람의 맘속에 더 깊게 배이지 않겠냐고, 스스로 끊임없이 되뇌었다. 물론 있는 그대로의 나, 숨겨진 나, 나의 수많은 어리석음과 치부들, 이런 것들을 써 내려갈수록 나란 인간이 별로인 점을 고백하는 것이라, 읽어주시는 분들이 실망하거나 혹은 내 글을 다시는 안 읽을지도 모른다는 겁이 때때로 들기도 한다. 그러나 **어쩔 수 없다.** 나는 아직은 운이 좋게도, 글을 쓸 때 쓰기 싫은 글을 억지로 쓴 적이 거의 없고 그저 내가 쓰고 싶은 이야기를 꺼내므로, 나란 사람의 상태를 솔직히 드러내는 것이 읽는 이에게 진심으로 감사를 표하는 것이 아닐까 하는 욕심을 내었다. 만약 단 한 명이라 한들 '어, 이 사람도 나와 동류(同類)구나, 그래서 이런 글을 쓰면서 살아가는, 한 명의 인간이구나. 그런데도 어찌어찌 버티면서 살아가고 있구나' 한다면 그것만으로 그 사람에게 나라는 사람의 마음이, 글이, 삶이, 숨이 기록되지 않을까, 하는 마음을 품는다. 어쩌면 모든 소통하는 과정은 상대방의 마음에 기록되는 행위일지도 모르겠다. 그러니 이 세상에 사는 우리는 누구나 다 작가로 살아가고 있는 것 같달까.

이야기가 이상하게 길어졌다. 내가 슬픔의 중심에서 허덕일 때의 감정 상태만 간결하게 기록하고 싶었는데, 이유에 관해 반복된 설명을 늘어놓는 걸 보면, 아직 훌륭한 작가가 되기는 글렀나 보다. 사실, 이 글은 하루 만에 쉽사리 써 내려간 글은 아니다. 슬픔을 삼킨다는 느낌을, 나 홀로 느끼는 느낌을 어떻게 표현해야 할지 생각하며 천천히 쓴 글이다. 하지만 그 와중에 신기한 건, 처음 이 글을 쓸 때의 상태와 현재 쓰고 있는 이 부분의 오늘의 상태는 또 다르다는 것이다. 마치 글의 시작에서 여기까지 달려와 '새로 고침' 버튼을 누른 후 새롭게 띄운 것 같은 느낌. 뭐 여하튼, 오늘의 로딩은 끝났는데, 음. 살면서 좋은 일이 생길지는 모르겠다. 앞으로 계속 더 힘들지도 모르겠고. 그래도 힘듦을 수백 개, 수천 개, 수만 개로 나눈다면 조금은 횡보하는 날도 있지 않을까 하는 옅은 희망을 띄워보며 내 글을 읽는 당신을 향해 내 숨을 다시금 기록한다.

　누워서 눈을 감고 있다. 그리고 눈을 뜬다. 그리고 다시 눈을 감는다. 이상하다. 분명 어제와 온도가 비슷한 것 같은데, 어제보다 어둡지는 않다. 아마 어제 내가 삼켜낸 슬픔이 제대로 소화가 되었나 보다. 슬픔이 배출되면 기쁨으로 물드는 것일까. 그렇게 단순한 것이 사람의 감정이 아니겠지마는, 기쁨까지는 아니겠지마는, 그래도 어제보다 나은 보통의 느낌에 몸을 일으켜본다. 커튼을 연다. 내 방과 대비되는 빛들이 세상에 흩뿌려지고 있다. 물론 그 느낌에 취하지는 않는다. 분명 밤이 되면, 새벽이 되면, 저것들이 어떤 슬픔으로 변해서 내게 다가올지는 나조차도 모르니까. 그러나, 그런데도, 그럼에도, 나는 여전히 살아있고 어제도 슬픔을 삼켰고, 오늘도 하루를 살아가려 눈을 떴다. 심장이 위치한 가슴 부근에 손을 대본다. '슬픔을 머금어도 잘 뛰고 있구나.' 어쩌면 슬픔은 슬픔대로 살아가는 것이 슬픔의 삶에 있어서만큼은 또 다른 행복의 동선이 아닐까, 하는 생각을 하며 오늘이라는 길을 나선다.

Writer's Pick♪ 바람이 분다 - 이소라

왕가위 영화, 좋아하세요?

오호라. 이 제목을 쓰고 나서 드는 첫 느낌. 좋아하는 취향을 누군가에게 쏟아낼 때의 기쁨은 아마 누구나 아실테지. 취향을 글로 써 내리는 느낌도 퍽 비슷하다. 설레고 기분이 좋달까. 음, 어디서부터 말해야 할까, 라는 고민도 잠시, 일단 한마디를 던져본다.

"나는 왕가위 감독의 영화를 사랑한다."

중경삼림, 화양연화, 아비정전, 2046, 타락천사, 해피투게더……. 물론 각각의 영화가 표현하고자 하는 메시지와 분위기는 약간씩 다르긴 하지만, 분명 한 감독의 영화라는 특징이 두드러질 정도로 내 마음 곳곳을 채우며 와닿는 영화인 것만큼은 확실하다. 그 이유가 무엇일까를 한참 생각하다, 나는 마침내 한 문장에 도달할 수 있었다.

'결여와 갈증'

그의 영화에 나오는 인물들은 결여되어 있다. 마치 DIY 가구에서 잃어버린 하나의 나사를 다른 무언가로 억지 대체해서 완성한 것처럼. 겉으로는 그럴싸해 보이지만 캐릭터의 내면을 하나하나 들여다보다 보면 분명 무언가 하나씩 결여되어 있다. 그들은 그 결여 감으로 인하여, 삶 곳곳에서 그들 자신도 명확하게 정의 내리지 못하는 무언가에 대한 갈증을 늘 동반하며 삶을 이어간다.

씬 곳곳에 자아내는 이 분위기 덕에 나는 언제나 금세 그의 영화에 몰입한다. 그렇게 한참을 영화 캐릭터의 마음에 스스로가 동화되어 그들의 삶을 따라가다 보면 나도 모르게 캐릭터가 지닌 고독을 함께 느끼게 되는데, 그 고독은 바쁘고 복잡한 삶 때문에 평상시 나도 모르게 놓치던 내면의 결여와 갈등을 돌아보게 한다. 좋은 영화들의 특징은 관객이 주인공에게 몰입하여 카타르시스를 느끼게 하는 공통점이 있지만, 왕가위 영화는 내게 있어 카타르시스를 넘어 자신의 고독과 갈등을 돌아보게 해주니, 이만한 자기계발과 명상다운 영화도 없다.

왕가위 감독의 영화에 유난히 자주 출연했던, 당대 홍콩 최고 배우들인 양조위와 장국영. 그들은 영화의 인물처럼 자신들의 삶도 나사가 하나 빠진 듯한 결여가 늘 존재했다고, 인터뷰에서 여러 번 언급했다. 그들 스스로가 밝힌 힘들었던 어린 시절. 가난에 허덕였던 시간과 열등감 그리고 내면의 상처에 시달렸던 시간과 마음, 그 깊은 곳에 결여의 근원이 존재했기에 영화 속 캐릭터를 연기하면서 그들 자신을 진정으로 사용하지 않았을까, 상상한다.

그래서일까? 왕가위 영화를 자주 찾고 사랑하는 이들은 결여감과 그로 인한 고독을 남몰래 지닌 듯하다, 내가 그러하듯. 물론 좋아하는 사람의 수가 아주 많지 않아 희귀하긴 하지만 아주 가끔, 우연히 왕가위 영화를 자주 꺼내 본다는 이들을 만나게 되면 혹은 누군가가 왕가위 영화를 좋아한다는 이야기를 전해 듣게 되면, 아니, 왕가위 영화를 나와 비슷한 이유로 사랑한다는 모든 이들을 생각하다 보면, 그저 감싸주고 싶다. 무언가 결여된 채로 살아가는 이들이야말로, 그의 영화에서 나오는 캐릭터들처럼 서로의 허한 공간을 채워줄 수 있기에. 더해서 그 채워줄 수 있는 도구 중 하나가 왕가위 감독의 영화인 것처럼, 나 또한 그런 예술을 지향하고 있기에. 분명 예술이란 것은 정답도 없고 각자만의 취향이 존재하는 것이라 무엇이 좋다, 나쁘다 나누는 것이 무의미하겠지만, 어차피 연기할 것이라면, 어차피 글을 쓰고 살아갈 것이라면, 마음 깊은 곳에 결여와 고독을 지닌 이들을 따스하게 해주고 싶다. 이 춥고 외롭고 쓸쓸한 세상 속에서 그저 운이 좋지 않아 좋은 일이 생기지 않을 수도 있겠지만, 어쩌면 사는 내내 계속 힘들지 모르겠지만, 당신과 비슷하게 결여된 채로 살아가는 친구들은 생각보다 많이 있다고. 힘든 하루의 끝, 다들 고독의 시간 속에서 왕가위 영화를 틀어놓은 채로 시간을 보내기도 한다고. 그렇게 당신과 우리, 모두 뭐가 어찌 됐든, 태어난 이상 이렇게 흘러가며 살아가고 있다고. 어쩌면, 정말 어쩌면, 이렇게 버티며 살다 보면, 그의 영화에 나오는 캐릭터들처럼 어떤 결과의 끝점에 도달하지 않겠냐고, 말해주고 싶다.

이 글을 쓰는 내내 여러 멜로디가 내 머릿속을 지배하고 있다. 블루투스 이어폰을 귀에 꽂은 것도 아닌데, 이상하게 머리 곳곳을 울려댄다. California dreamin', 몽중인, Yumeji's theme, What a difference a day made를 거쳐 마침내 한 곡의 멜로디에 도착한다. 그리고 이 글을 읽는 당신에게 들려주고 싶어 나는 한 음악을 재생시킨다.

So Happy Together~ 빠바빠바 빠바바빠 빠바바~ 빠 빠바빠~ ♫

Writer's Pick♪ Happy Together - Danny Chung

행복해져야 한다는 생각을 버리고
행복이란 단어가 세상에 없었다면
오히려 우리는 행복할 텐데.

행복한 일은 매일 있는 것이라며
합리화하지 않아도
우린 진심으로 행복할 텐데.

•

사
람
이
라

별다방 기프티콘을 준다는 것은

누군가의 생일이다. 이런! 애매한 관계다. 아주 친한 관계도 아니고 그렇다고 아주 먼 관계도 아닌 모호한 관계. 그렇다고 그냥 메시지만 툭 남기고 넘어가기도 어렵다. 왜냐고? 이 사람도 내 생일에 연락을 주며 무언가를 주었던 것 같은, 희미하지만 어렴풋한 기억이 있으니까. 무언가를 받으면 무언가를 돌려주는 게 한국 사람의 미덕이 아닌가. 물론 무엇을 받았는지 강렬한 기억은 남지 않는다. 그러니 나 또한 선물을 고르는데 심히 어려움을 느낀다. 대체 무엇을 주어야 주는 사람도 받는 사람도 만족할까. 이 사람의 취향을 알고 있을 만큼 아주 가까운 사이가 아니니 기호에 따라 선호도가 달라지는 선물을 고르기에는 위험요소가 크다. 그래서 그런가. 많은 사람이 대중들의 선호가 반영된 기프티콘 순위 리스트를 보다가 적절한 가격에 부담이 없는, 그래도 보기에는 그럴듯한 브랜드의 기프티콘을 고른다. 그 이름도 찬란한, 별다방 기프티콘. 선물을 주는 사람도 선물을 받는 사람도 만족이 되는 최고의 가성비 기프티콘이다.

세상이 발전하면서 선물의 방식도 달라졌다. 4차 산업혁명이니 5차 산업혁명이니 메타버스니 하는 세상이 와서 그런가. 나 때는 (언젠가 한 번 꼭 써보고 싶었다. 라떼는 말이야!) 지인들의 생일을 일일이 핸드폰 주소록에 저장해서 알림을 설정해 놓았다. 그리고 누군가의 생일이 다가올 때면 설령 아주 친하지 않더라도 무엇을 줄까 고민하고, 그 사람의 주변인에게 물어보며 행여 상대방이 부담되지 않을까, 다시 한번 고민했었다. 그 고민의 끝에 신중하게 선물 가게를 들어가 미리 정한 물건을 골라 정성스레 포장하고 그 포장지와 어울리는 카드를 사서 남몰래 아껴왔던 표현을 한 글자, 한 글자 꾹꾹 눌러 쓴 후, 포장지 사이에 조심스레 끼워 넣다 혹시 떨어질까 테이프로 고정하는 그런. 그런 일을 했었다. 물론 아직도 그러한 아날로그 방식을 사랑하는 사람도 분명 많을 것이다. 다만 세상이 급변하고 발전하면서 그 수는 분명 줄었으리라. 우리가 많이 쓰는 스마트폰 메신저 서비스가 우리의 노고를 대신 짊어주니까.

스마트폰 메신저 서비스의 선물하기 메뉴를 들어가 본다. 귀여운 캐릭터가 그려진 봉투부터 메시지 쓰기 서비스, 편리한 카드 결제 서비스까지 모든 것을 쉽게 제공한다. 굳이 힘들게 마음을 써서 선물을 준비하는 많은 시간을 소요하지 않아도 된다. 게다가 앞서 말했던, 애매하고도 모호한 관계, 이 사람과 계속 관계를 이어가야 할지 말지도 모르는 그런 애매한 관계에서 이 기능과 별다방 기프티콘은 최고의 콤비네이션을 이루어낸다. 아, 세상은 넓고 천재는 많다고 했던가. 어떻게 이런 서비스를 생각해 냈는지!

이러한 시스템을 만든 창의력과 자본력에 감탄을 자아내다가 문득 나 말고도 별다방 기프티콘을 보며 그런 생각을 한 사람이 있지 않을까 곰곰이 생각한다. **애매하고도 모호한 관계**. 이 문장이 혀 속에서 자꾸 맴도는 걸 보면 분명 나 말고도 많으리라. 그런데도 왜 수많은 사람은 별다방 기프티콘을 선택하는 것일까. 단순하게 그 브랜드가 가진 장점과 메뉴의 특성 때문에 구매하는 이도 있겠지만, 분명 애매한 관계에 하는 최소한의 성의 표현이 저 그럴듯한 기프티콘을 선택하게 만드는 것이 아닐까 하는 생각을 해본다.

'애매한 관계에 하는 최소한의 성의 표현.' 이것이 과연 살아가면서 **진정** 필요한 것일까. 물론 수많은 처세술과 자기계발서에 나오는 말에 의하면 분명 필요한 표현일지도 모른다. 오히려 그 표현을 적재적소에 사용하는 사람이야말로 이 거친 사회에 꼭 필요한 사람으로 살아남겠지. 하지만 나는 이제부터 별다방 기프티콘을 **함부로** 선물하지 않기로 마음을 다져본다. 결코, 내가 별다방 브랜드를 유난히 싫어해서 하는 말은 아니다. 그저 나는 앞으로 어떠한 관계든, 이 빠르고 복잡한 사회 속에서 조금이나마 진정으로 다가가는 사람이 되고 싶은 욕심이 들어선달까. 설령 애매하고도 모호한 관계라고 한들 그 사람에게 있어 기념일 혹 생일은 그 시기에 한 번뿐인 소중한 날이 아닌가. 많은 사람이 골랐다고 해서 고르는 별다방 기프티콘을 선물하기보다는 무언가를 경험할 수 있는 것, 진정으로 가지고 있을 때 가치가 되는 것을 선물하고 싶다. 아마 그러한 선택이 점점 쌓일수록, 살아가면서 '애매하고도 모호한 관계'를 더 줄일 수 있지 않을까. 그 불편한 관계를 그냥 내버려 두기보다는 **'진정한** 깊은 관계'로 발전시키는데 내 소중한 에너지를 사용하겠다. 물론 그 관계를 발전시키는 것을 실패할 수도 있겠지만 그러한 관계라면 그냥 내 인연이 아닌가 보다 하고 조용히 떠나보내는 게 맞으리라.

인생에서 맞지도 않는 인연을 굳이 억지로 붙잡고 어영부영 유지하는 것보다 설령 수가 적다 한들 내 진짜 인연들에 더 에너지를 쏟는 사람으로 기억되면 좋겠다. 물론 타인이 나에게 주는 성의에는 늘 감사한 마음이 따른다. 아주 가볍고 사소한 성의일지라도. 다만 오롯이 나의 마음에 대해서만큼은 솔직해지고 싶다. 이 인연을 −이렇게라도− 유지하고 싶은 나 혼자만의 욕심으로 억지 표현을 한 것인지, 아니면 정말 이 사람하고 친해지고 싶은 마음에 솔직한 마음을 표한 것인지, 나의 행동에 대해 반추하며 확고한 선택을 하기로 한다. 안 그래도 짧은 인생, 나와 맞지 않는 인연에 얼마 없는 에너지를 낭비하지 않기 위하여. 어쩌면 이러한 선택의 주관을 내 안에 잘 간직하는 것이 진짜 관계에 관한 처세술이 아닐까.

친구의 생일이다. 습관이 되었는지 나도 모르게 메신저 서비스의 선물하기를 둘러보다가 그 친구가 좋아하는 음식이 무엇인지, 평상시에 필요하다고 했던 물건이 무엇인지, 아주 오래된 기억부터 천천히 필름을 꺼내 머릿속에서 재생시켜 본다. 아! 그 친구가 전부터 가고 싶어 했던 식당이 생각났다. 친구에게 연락해서 일정을 잡고 친구가 전부터 갖고 싶어 했던 물건을 검색해서 찾아본다. 그래 이거다! 이 물건이면 친구의 환한 웃음을 볼 수 있겠지. 벌써 나도 모르게 설렌다. 세상에서 가장 즐거운 분위기를 담은 영화를 보러 가는 기분을 등에 업은 채로 집을 나선다. 햇빛이 별빛처럼 보인다. 부스러기가 흩뿌려지는 게, 참 찬란하다. 또 다른 의미의 별다방이 하늘에 둥둥 떠돌아다니니 온 세상에 막 끓인 별향이 그득하다.

Writer's Pick♪ Green Tea - Two Sleepy

물의 요정

  글을 써야 한다는 생각이 한참 온몸을 사로잡을 때, 이 생각이 묻은 영혼을 빼내고 싶다는 생각을 했다. **솔직히 까놓고 말해서,** 글을 쓰는 사람이 글을 써야 한다는 생각에 사로잡히는 것은 좋은 것이 아닌가, 하고 누군가 묻는다면 딱히 할 말은 없지만, 그래도 빼놓고 싶을 때도 있을 수 있지 않은가. 나란 인간도 결국 한낱 인간인 것을. 어떤 욕구가, 그래 무엇인지 모를 그 욕구를 온몸에서 빼내고 싶을 때가 분명 존재하는 것이다.

  그래서 아무튼! 나는 목욕을 하기로 마음먹었다. 목욕하는 방법은 아주 쉬우면서도 어렵다. 그 이유는 물의 온도 때문인데, 운 좋게 한 번에 온도를 맞추게 되면 그것만큼 깔끔한 것도 없지만, 애매한 온도로 목욕을 하게 되면 애매한 마음으로 목욕을 끝마치게 되어버린다. 나는 그 애매한 온도를 싫어해서 물을 욕조에 채울 때마다 물 앞에서 발을 동동거리며 손끝을 찰랑거리는 물 표면에 한참을 스쳐댄다. 그 손끝의 키스가 물의 표면과 익숙해질 때쯤, 손의 지문을 따라서 물의 온도가 올라온다. 그 물의 온도는 대부분 혈관 혹은 어디 있는지 인식조차도 못하는 피부 결과 림프샘? 이런 길을 통해 온몸을 돌아다니리라. 한참을 그렇게 온도와 마주치다 보면 인간이 느낄 수 있는 온도의 쾌락, 그 지점을 찾게 된다. 그 온도가 몇 도인지는 아직 과학적으로 밝혀지지 않았다고 믿는 편인데, 아, WHO였나? 아무튼, 그런 곳에서도 모르는 수치일 것이다. 사람마다 좋아하는 온도는 미세하더라도 각각 다르니까. 그렇게 소중한 나만의 온도를 찾기 위해서 물의 표면과 키스를 끝마치고 나면 옷을 다 벗은 나체를 거울 앞에 마주한 채로 한참 동안 거울과 눈싸움을 하다가 내 영혼의 겉면, 즉 음…, 뭐라고 해야 할까나. 여름철 쭈쭈바 아이스크림의 가죽표면과도 같은 내 몸을 한참 바라보다가, 쭈쭈바의 대가리를 확 뜯어내고 밀어내는 아이스크림 덩어리처럼 내 겉가죽 안에 사는 영혼을 확 밀어내어 욕조 안으로 쏙 넣어버린다. 이상하게도 처음에는 따뜻한 느낌보다는 따가운 느낌이 온몸을 사로잡는다. 이 느낌을 조금 쉽게 표현하자면 대중목욕탕을 떠올리면 된다. 뜨거운 열탕 혹은 미지근한 온탕에 한참 동안 몸을 넣었다가 급하게 뛰어나와 냉탕에 내 몸을 넣는 그 느낌이야말로 제대로 따가운 느낌인 것이다. 분명 누구나 쉽게 이해하셨으리라.

나 혼자 목욕할 때는 온탕과 냉탕처럼 두 개로 나눌 수 없으니까, 내가 원하는 최고의 적정한 온도를 맞추고 난 후 발끝을 탕 안으로 들이미는 것이다. '츠으으' 라는 표현으로 그 느낌을 표현하고 싶다. 적절하고도 완벽한 온도를 맞추고 내 온몸의 영혼과 물이 물아 일체가 될 때의 느낌. 아마 이 '츠으으' 는 내가 만든 단어니까 아마 내가 유명한 작가가 되면 사전에 등재되겠지?

다시 본론으로 돌아와서, 나는 '츠으으' 라는 느낌과 함께 보통 목욕을 시작한다. 물이 내 온몸을 사로잡는다. 지금이다. 드디어 이 순간이야말로 그 녀석들이 나타난다. 물의 요정. 물의 요정을 아는 사람이야말로 목욕의 참맛을 아는 사람이다. 이 녀석들은 보통 어떤 입욕제를 쓰거나 거품 목욕을 하는 순간보다는 순수하게 물의 결정으로 목욕을 할 때 나타나는 편인데, 아무래도 요정이란 녀석들은 화학적 작용이 일어나는 것을 싫어하나 보다. 화학적 작용이 없는 —사실, 수돗물도 화학적 작용이 있겠지마는— 맹물을 온몸으로 맞이한다. 온몸을 물속 끝까지 푹 담가본다. 마치 물이 온몸을 조르는 듯하다. 어렸을 때 보았던, 영화 '아나콘다'에서 아나콘다가 사람을 삼키는 것처럼 내 온몸이 조여온다. 폐에 숨이 차오르고 차올라 한 점의 공간까지 모두 차지한다. 온 몸이 내 머리카락 끝, 정수리, 두피, 눈, 코, 잎, 귓가, 가슴, 배, 생식기, 엉덩이, 무릎, 다리, 발목, 발가락 끝까지 한참을 조여온다. 숨이 막혀 더 참을 수 없을 때까지 참았다가 몸을 다시 세상으로 밀어낸다. 온몸이 공기의 요정과 맞닿는다. 바로 이때, 확실히 느껴진다. 피부가 살아있다는 것을, 각각의 기관과 세포가 온 공기와 키스를 하며 내가 살아있다는 것을 더, 확실히 느끼게끔 도와준다.

물의 요정들 덕에 공기 요정의 소중함을 알았으니 슬슬 공상을 시작해 본다. 평상시 머릿속에 혼자 맴돌던 생각들을 물속으로 하나둘 짜내본다. 물의 요정들은 모든 것을 알았다는 듯이 내 생각에 자신들의 온도를 끼얹는다. 그들은 내 온몸을 휘감으며 내 몸 구석구석에 사는 생각들을 자신의 실패(絲牌)에 휘감기 바쁘다. 그러다 손으로 그릇을 만들어 그들을 담고 얼굴에 비벼대면 머릿속에 생각들이 우수수 떨어지고 물의 요정들은 그것을 받아낸다. 그리고 다시 그들은 자신들의 실패를 감으러 온몸 구석구석 뿌려져 있는 실을 주우러 굴러다닌다. 기특한 녀석들.

나는 그렇게 한참을 넋 놓으며 생각한다. 생각의 잔털들을 모아 꼬고 꼬다 지칠 만큼 꼬아댄다. 어느새 생각의 잔털들은 줄기가 되고 뿌리가 되어 내 뇌 속 깊은 곳에 '츠으으' 스며든다. 스며든 생각들은 씨앗이 되어 머릿속 어딘가에 심어지고, 충분한 시간이 지나면 떡잎이 되어 나무로 성장하리라. 그 나무들은 나의 영혼의 조각이 되어 세상의 글로 나오겠지. 분명 글을 쓰고 싶은 생각을 빼내기 위해서 목욕을 시작한 것일 텐데, 그러한 목욕이 빈 곳을 만들고 새로운 글감을 몸속에 부어 넣는다. 이토록 아이러니한 일이 또 있을까. 그런데도 새로운 것이 들어온다는 것은 설레고 설렌다. 그래, 나는 이 이상하고 아이러니한 느낌이 좋아 목욕을 하는 것이다. 언젠가 완벽한 방수가 되는 랩탑이 나오는 날을 꿈꾸어 본다. 그러면 물의 요정과 더 오랜 시간 데이트를 하며 글을 쓰는 날이 오겠지? 얼마나 기분이 좋을까. 랩탑과 함께 '츠으으'를 같이 외칠 수 있는 날이.

　생각의 씨앗을 모두 심고 나면 슬슬 물의 요정들과 이별할 시간이 된다. 가끔 그런 생각을 한다. 내 생각을 모두 머금은 물의 요정들이 욕조의 배수구가 열리는 순간, 모두 뛰어가 다른 장소에 생각을 심어두는 것이 아닐까 하는. 그래도 걱정은 없다. 물의 요정들은 고이는 것을 무엇보다 싫어하는 이들이니까. 내 욕조를 떠나는 순간, 내 생각의 잔여물을 벗겨내고 정화하여 흐르고 흐르다, 또 다른 누군가의 생각을 채우러 떠돌아다닐 것을 안다. 이것이 물의 요정의 매력이다. 그들은 한 곳에 고이지 않고 평생 흘러야만 그들의 진정한 색을 채우며 살아갈 수 있다. 투명하고도 꽉 차며 또렷한.
　목욕이 끝난 후, '샤랄랄라라라 날 좋아한다고~' 하는 BGM이 떠오르는 이온 음료병의 뚜껑을 따서 또 다른 요정들을 몸속에 채워 넣는다. 그들을 입에 머금으니 한 생각도 머금어진다. 물의 요정처럼 살아가고 싶다고. 글을 쓰는 사람, 작가, 그런 거창한 사람이 아니더라도 무언가를 창조하고 살아가면서 고이지 않고 싶다고. 개인적이든, 주관적이든, 예술적이든, 상업적이든 그런 게 뭐든 간에, 자기복제를 하지 않고 최대한 흐르며 살겠다고. 귀를 열고 다른 이들의 생각을 내 몸 구석구석의 실패(絲牌)에 휘감으며 무언가를 만들어내겠다고.

목욕하고 나니 온몸의 구석구석이 열린 기분이다. 침대에 몸을 뉘어 본다. 이번에는 잠의 요정이 찾아오겠지. 아, 잠들기 전에 이 글을 읽는 당신에게 말하고 싶다. 무언가를 채워 넣기 위해, 혹은 버려내기 위해 목욕을 시작해 보라고, 물의 요정과 만남을 시작하라고. 그럼 나는 이만, 또 다른 여행을 떠나러 잠의 요정과 데이트를 떠나겠다.

Writer's Pick♪ Waters of March - Jane Monheit

숙취해소법

술을 너무 많이 들였다. 몸뚱어리에. 분명 나는 어제 지인들이 모인 단톡방에서 금주 서비스가 종료되었다고 말했던 것 같은데, 다시 이렇게 숙취에 시달리고 있다니. 역시 인간은 실수와 후회를 반복하는 동물인가보다. 아, 아니다. 나라는 동물이 그런 동물이다.

숙취가 머리부터 발끝까지 지배하는 날, 나는 늘 시행하는 숙취해소법이 있다. 아주 평범한 방법들이지만 나만의 방법이니 소개를 하고 싶은 욕심에 써보려 한다. **첫 번째로,** 정신을 차리면서 나의 상태를 먼저 체크 한다. 머리가 어지러운지, 갈증이 나는지, 아니면 잠을 더 자야 하는지, 첫 번째 코스인 '**몸 상태 체크**'를 실시한다. 만약 상태가 좋지 않을 경우, 먼저 잠을 더 자야 한다. 나는 20대 초가 아니기에, 잠이라는 보약을 먼저 몸에 부어야만 다음 코스를 원활하게 진행할 수 있으니까. 만약 몸 상태가 다음 코스로 바로 진행하기 좋은 상태라면, **두 번째로** 고무줄처럼 늘어진 몸을 일으켜 커튼과 창문을 연다. 커튼을 연다는 것은 자연의 숙취해소제를 찾는 행위이다. 온몸에 알코올이 가득 차 있으니, 이제부터는 **자연요소들을 몸속으로 들인 다음, 부드럽게 용해**해야 한다. 커튼과 창문, 두 친구의 마음을 여니 햇빛과 바람이 함께 들어온다. 나의 온 피부 결을 햇빛과 바람들이 스치며 혈관으로 다이빙을 해댄다. 두 번째로 가볍게 이 행위를 하는 이유는 내가 큰 노력하지 않아도 이 녀석들은 내 방으로 놀러와 나의 온몸을 휘돌아 주기 때문이다. 이렇게 감사한 친환경적인 숙취해소제가 있을 줄이야.

세 번째로는 청소기와 물걸레, 돌돌이, 먼지떨이 등 모든 청소도구를 꺼내고 청소를 시작한다. 특히 세 번째 코스는 세부적인 순서가 존재한다. (사실 굉장히 통상적인 내용이라 쓸까, 말까 고민을 많이 했다)

(1) 이불과 베개를 꺼내어, 베란다의 빨래 건조대에 걸어놓은 뒤, 쉐도우 복싱(?)을 하며 팡팡 먼지를 털어낸다.

(2) 먼지가 충분히 제거된 먼지떨이를 들고 방안 곳곳의 먼지를 털어낸다. 책장 위 우주의 모서리 끝부터 침대 밑 심해의 모서리 끝까지.

(3) 걸레에 충분히 물을 적셔서 물걸레로 만든 뒤, 방바닥에 착! 달라붙은 흡착 먼지를 닦아낸다. 특히 이 녀석들은 강하게 달라붙어 있으므로 거칠게 닦아내야 한다.

(4) 청소기를 구석구석 돌린다. 청소기의 머리가 박치기할 수 없는 곳은 머리를 잠깐 제거하고 −마치 레고 캐릭터의 머리를 제거하듯− 모서리까지 모두 먼지를 제거한다. 여유가 된다면 돌돌이로 미세먼지도 추가로 제거해준다.

(5) 마지막으로 청소도구를 정리하여 제자리에 돌려놓는다.

이렇게 청소코스가 끝나고 나면 **네 번째로** 창문과 방문을 모두 연 상태에서 가장 좋아하는 향초를 켠다. (나는 라벤더와 린넨향이 좋더라) 그리고 그 향초가 잘 묻어날 것만 같은 배경음악을 방안 곳곳에 채워 넣는다. 향초와 음악이 퍼지는 시간은 충분히 여유를 가져야만 한다. 지금부터 마지막 코스를 시작해야 하니까.

다섯 번째로, 해장을 위한 요리를 시작한다. 해장을 위한 요리의 최고는 간단한 라면 같은 음식도 좋겠지만, 재료가 존재한다면 간단하고도 쉬운 조리법의 해장국을 추천한다. 콩나물 해장국이나 소고기 뭇국처럼 마음의 겉과 속이 모두 시원해지는 국을 선호한다. 웬만하면 신선한 자연재료로. (오래된 재료는 안 쓰니만 못한 것!) 햇빛과 바람이 내 몸에 자연스레 지그시 흡수된 자연재료였다면, 해장국은 자연의 재료와 나의 노력을 곁들여야 최고의 흡수로 이어진다. 노력이 곁들여진 해장국이 완성되면 평소 식단으로 애용하고 있는 닭가슴살 볶음밥을 함께 곁들이며 내 안에 쌓여 있는 알코올을 덜어낸다. 조금 전, 흡수해 놓은 햇빛과 바람, 그리고 자연의 재료로 만든 음식들이 어느새 내 몸 구석구석을 청정구역으로 정화하고 있다. 아, 이 느낌은 아마 제대로 숙취를 해소하는 방법을 아시는 분들이라면 누구나 느끼리라.

매번 거대한 숙취로 온몸이 무너지고 흔들릴 때마다 이처럼 나만의 코스를 행한다. 술 마신 다음 날에 선택할 방법으로써는 여간 귀찮은 것이 분명한 사실이지만, 이러한 의식을 통해 내 안에 쌓인 수많은 알코올과 화학 첨가물을 자연의 재료로 대체하다 보면, 자연스레 몸이 바른 상태로 돌아가는 느낌이 든달까. (사실 이 글을 쓰고 있는 지금의 나는 매우 흐트러진 자세로 앉아있지만!)

맛난 음식을 먹고 나서 소파에 몸을 기댄 채로 창문 바깥의 나무를 가만히 바라본다. 사계절이 반복되어도 늘 원래의 모습으로 순환하는 나무와 꽃을 조용히 관찰한다. 그러다 문득 한 생각이 떠오른다. 숙취를 **제대로** 해소한다는 것은, 우리 마음속을 순환하며 쌓인 **먼지를 해소**하는 것과 참 닮아있다고.

정신없고 바쁜 삶 속에서 목표를 위한 일상을 보내다 보면, 내가 원하든, 원치 않든 마음이 끊임없이 흔들리고 움직이니 무언가에 취한 채로 살게 된다. 물론 때로는 취하는 것도 필요하다. 자신이 원하는 삶의 목표와 꿈을 위해서라면 완벽히 무언가에 취해 달리는 시간도 필요하니까. 다만, 취함이라는 녀석은 시간이 길어지면 길어질수록 분명 부작용을 불러온다. 특히 목표로 하는 것에 가닿았거나, 그 속에서 살고 있거나, 원하는 것을 얻어 익숙해진 사람은 그 부작용이 강하게 발현된다. '분명 열심히 살아온 것 같은데, 왜 이리 공허하지? 제대로 살아온 것 같은데, 왜 마음이 늘 불안하고 점점 더 조급해지지? 내 꿈이라고 생각하며 이루어 온 것들이 왜 내 것이 아닌 것 같지?'라는 느낌이 점점 강하게 든다. 마치 뒤통수에서 모르는 누군가가 째려보는 느낌과 비슷해서 머릿속에 싸한 느낌이 덕지덕지 묻어난다. 아마 이 정신없고 처절한 사회에서 열심히 살아온 이라면 누구나 한 번쯤은 이 느낌이 들어본 것이 정상이 아닐까. 물론 정상(正常)의 기준이 어디인지 모르는 세상이지만.

이러한 느낌, '취함'의 부작용을 느끼게 되면 많은 사람이 선택하는 방법은 더 열심히 취하는 것이다. 자신의 열정이 예전과 같지 않다며 자신을 책망하며 무엇에 더 취해야 할지 한참을 두리번거린다. 그렇게 옛날의 자신을 떠올리며 초심을 잃었다는 혼잣말을 되풀이하다 또다시 자신의 나약한 모습에 한탄한다. 점점 자기 자신을 코너로 몰며 한참을 두들겨 댄다. 결국, 취함을 취함으로 지우기 위하여 자신을 쉴 수 없는 삶이라는 링의 한 가운데로 몰아넣는다. '열심'이라는 독을 더 강한 독으로 죽이는 방법을 택해야만 살 수 있을 것 같아서일까?

사실 앞서 말한 방법을 난 그리 좋아하지 않는다. 솔직히 말하면 소년만화의 열정 가득한 주인공 같은 저 방식을 동경할 때도 있는데, 나는 그런 캐릭터가 아니니까, 뭐. 누군가는 분명 자신을 몰아

넣음으로써 취함의 부작용까지 덮어버리곤 한다지만, 나는 노력형 인간도 아니거니와 —음, 베짱이형 인간에 가깝지— 노력이 성공으로 직결된다는 이야기도 그리 좋아하지 않는다. 오히려 인생은 운이라는 말을 더 좋아하는 인간이지.

이렇듯 나약한 나는 취함의 부작용이 튀어나올 때, 숙취를 해소하듯 마음의 먼지를 치워버리는 **마음의 해소법**을 실행시킬 준비를 한다. 취해있는 마음을 정화 시키기 위해 나만의 휴식의 방법들을. 어린 시절 장난감을 모으듯 혹은 나만의 해장국 조리법을 개발하듯, 하나, 둘, 모아 서랍에 차곡차곡 채워 모은 것들이다. 앞에서 숙취 해소법에 관하여 꽤 긴 이야기를 했으니 마음 해소법의 코스에 관해서는 아주 자세한 이야기를 적지는 않겠다. —절대 귀찮아서 그런 것이 아니다. 아마 나만의 방법에 대한 확신이 더 강해지면 제대로 소개하고 싶다— 다만 확실한 것은 각자마다 자신의 마음의 먼지를 해소하는 방법은 모두 다르다는 것이다. 흔히 말하는 사람들의 힐링 방법, 유행하는 취향들을 따라갈 필요는 전혀 없고 (정말 필요 없다. 나는 정말로 자신만의 경험을 통해 체득한 방법이 더 소중하다고 생각한다. 가장 중요한 것은 **내 마음이 진정 편하냐**, 에 초점을 맞추어야 한다) 그저, 자신의 마음을 푹 쉴 수 있게 해주는 방법을 찾으면 된다. 남들의 시선 따위는 중요하지 않다. 행여 그 시선을 신경 쓰게 되면, 오롯이 내 마음을 해소하는 방법조차도 폼잡게 되니 되레 먼지가 더 쌓이게 된다. 그러니 설령 많은 사람이 코웃음 칠지라도, 그리 화려하고 자랑할 만한 것이 아니더라도, 내 마음의 먼지를 사라지게 할 수 있고 취하기 전의 깨끗한 마음으로 되돌릴 수 있다면 그게 무엇이라도 좋다. 예를 들어, 좋아하는 아이스크림을 천천히 먹으며 벤치에 앉아서 꽃을 구경하는 것도 좋고, 온종일 아무것도 하지 않고 카페에 앉아 사람들을 관찰하는 것도 좋으며, 눅눅해진 화장실을 깨끗하게 청소하며 마음의 뒤편까지 함께 깨끗해지는 느낌을 받아도 좋다. 그저 내가 좋으면 그만인 것이다. 이처럼 마음을 해소하는, 나만의 취향이 그득한 방법들이 내 서랍 속에 차곡차곡 쌓이다 보면 마음이 취하더라도 언제든 꺼낼 수 있으니 금방 해소할 수 있게 된다. 물론 사람마다 처한 상황과 시간의 여유가 다르니 취해있을 때 무조건 취함에서 벗어나야 한다는 무책임한 말은 하지 않겠다. 다만 우리는 **언젠가는**, **결국에**는, 자연의 편한 존재로 돌아가야 하므로, 아니 이런 거창한 이유로 무게 잡지 않더라도, 마음을 비우며 그저 쉬는 시간이 필요하다는 이유만으로도 마음을 해소하는 각자만의 방법을 만들어야 할 필요가 있다고 말하고 싶다.

드르릉, 그르렁. 폰이 아직 숙취에 벗어나지 못해 코를 고는 듯, 거하게 울려댄다. 친한 친구 녀석의 연락이다. "오늘 뭐 하냐, 술 먹자. 콜?"이라는 목소리가 조금 전 깨끗하게 해소된 고막에 잽을 날린다. 아, 나는 이 잽에 리액션을 날려야 할 것인가, 피해야 할 것인가. 찰나의 고민에 순간 흔들리다가 확실하게 "NOPE!"을 날려댄다. "물론 너는 보고 싶지. 술도 좋고. 근데 나는 오늘 해소해야 하는 날이야, 유 노우?" 실력 없는 콩글리쉬를 섞어대며 멋스레 웃어넘긴다. 나와 친하다는 것을 증명이라도 하는 듯, 바로 알아채는 고마운 친구 녀석. 아낌없이 자는 나무가 되라고 드립을 내게로 날려 보낸다. 순간 창문 밖에 있는 나무가 다시금 눈에 걸린다. 사람은 꼭 제대로 서 있어야만 나무처럼 살 수 있는 것일까. 사실 나무도 옆으로 자라는 것이 아닐까. 나무의 눈빛은 어디서 시작되는 것일까. 그래, 나무의 눈이 꼭 위에 달려있으리라는 법은 없지, 하는 공상을 하며 마룻바닥에 몸을 뉘어 본다. 오호라, 내 상상이 맞았다는 듯, 나무의 밑에 달린 눈과 시선이 맞춰진다. 아낌없이 모든 것을 해소한 채 마음을 재우기 위하여, 오늘 하루만큼은 아낌없는 잠에 빠져들기 위하여.

Writer's Pick♪ 취한 밤 - 토이

살아가는 이유에 관하여

태어나서 처음 본 사람에게 살아가는 이유에 관해서 물어본
적이 있다. 실례되는 질문이었지만, 그만큼의 깊이를 지닌
것 같이 보이는 사람이라 그 이유가 너무나도 궁금했다. 그
사람은 "태어나서."라고 답했다. '태어나서, 태어나서, 태어나서.'
'태어나서'라는 네 글자가 입안에서 쳇바퀴를 한참 굴려댔다.
누군가가 나에게 살아가는 이유가 무엇이냐고 묻는다면, 지금의
나는 무엇이라 답할 수 있을까.

몇 해 전만 해도, 나는 인간은 태어났기 때문에 어쩔 수 없이 살
아가는 것으로 생각했다. 약간은 냉랭하게 들릴 말일지 모르겠지
만, 우리는 삶을 스스로 선택해서 태어난 것이 아니니까. 분명 부모
님께는 도의적으로 감사해야 하겠지만 지구상에 존재하는 모든 인
류 중 −태어나기 전부터− 태어나고 싶어서 태어난 이는 없을 것
이다. 우리의 삶이 존재할 수 있냐, 없냐는 오롯이 부모의 선택으
로 결정되는 것이기에.

지금으로부터 31년 전, 나는 다행히도 우리 아버지와 어머니
사이에서 태어났다. 부모님을 선택할 기회는 태어나기 전인
나에게 없었지만, 나는 정말 좋은 부모님의 곁에서 태어났다고
말하고 싶다. 물론 이 세상 누구나 부모에게 혹은 자식에게 100
프로 만족하는 이는 없겠지만 나는 그래도 만족하는 쪽(?)에
가까우니까. (물론 우리 부모님의 의중은 모르겠지만?!)

그러한 복이 있음에도 불구하고, 나는 이상한 유전자를 지니고 태어난 것인지 혹은 어렸을 때부터 다독하며 생각할 수 있는 환경 때문인지, 태어났다는 이유만으로 살아가기에는 늘 갈증이 심했다. 사랑이 있는 집안에서 태어난 복덕에 세상 무서운지 몰라서 그런 거라고, 누군가는 말하겠지만 나는 아주 어렸을 때부터 인간은 왜 살아가야 하는가에 대해서 굉장히 집착했다. 그래서인지, 나이가 들어가면서 점점 삶의 의미를 찾아 헤매던 나에게 친한 친구는 말했다. 그런 의미를 찾지 않는 것이 덜 우울해지는 지름길이라고. 그냥 단순하게 살라고. 먹고 자고 싸고 연애하고, 좋은 사람과 인간관계를 이루고, 좋은 직업을 통해 돈을 벌어서 좋은 물건과 큰 집을 사려하고, 자식을 낳아서 더 좋은 것을 주려고 하고, 높은 위치에 올라 명예를 얻고 싶어서 살아가는, 그냥 다들 그러하듯, 그렇게 욕망을 좇으며 **생존**하기 위해 살면 된다고. 괜히 의미를 찾는 것은 인간을 더 우울하게 만들 뿐이라고.

사실 친구의 말이 맞을지도 모른다. 사람이 우울감에 빠지는 이유는 자신의 문제를 확대하기 때문이고 그로부터 홀로 파고 파다, 그 우물에 갇혀서 일어나는 일들이니까. 나도 알고 있다. 왜 살아야 하는지 이유를 생각하는 것은 굉장히 비생산적인 행위라는 것을. 하지만 나는 아직은 삶의 의미를 뚜렷하게 만드는 것을 포기할수 없다. 삶의 의미를 좇는 것이야말로 인간을 더 **인간답게 하는** 것임을 믿고 있으니까.

인간과 다른 동물의 차이는 무엇일까. 물론 인간도 다른 동물처럼 동물이다. 허나 인간이 가지고 있는 고유의 사회적 방식, 생각하는 가치관에 따른 행동들, 그로 인한 수많은 작용과 반작용은 지금의 세상을 만들어냈다. 물론 친구가 말했듯이 흔히 말하는 주류처럼 이미 만들어진 틀 안에서 사는 의미를 생각하지 않고 오롯이 생존만을 위해 열심히 사는 것도 어쩌면 또 다른 의미가 아닐까 하는 생각이 든다. 다만 나는 내가 **인정할** 수 있는 나만의 삶의 이유를 찾고 싶었다. 그래서 그 의미를 찾기 위해 늘 흔들리고 때로는 우울에 빠지며 때때로 불안해하다 조그마한 실마리를 찾기도 하면서 삶의 의미를 좇는 삶을 살고 있다.

이쯤 되면 슬슬 질문이 날아오겠지? 뭐, 이 페이지는 나만의 공간이니까 누군가 묻지 않아도 슬슬 말해야 한다. 32년을 살아온 현재의 나는 삶의 의미를 무엇으로 규정하고 있냐고. 어디서부터 이야기해야 할까 고민을 하다, 내 인생에서 스스로 우울의 밑바닥을 손으로 매만지던 시절의 이야기를 하면 좋을 듯하다.

삶에서 가끔 찾아오는 강한 우울감 덕에 가장 삶의 의미가 흐릿해졌을 때, 주변의 지인들은 앞서 말했던 친구처럼 삶의 의미를 욕망과 생존으로 규정해주는 이들이 많았다. 물론 삶의 목표나 꿈, 그리고 희망 같은 것으로 의미를 부여하는 낙천적인 친구들도 많았지만 애초에 행복에 대한 반응도 유전자에 따라 다르다고 하는 세상이라 그런지, 나는 크게 와닿지는 않았다. 그래서 나는 홀로 여행을 떠났다. 뭐 흔히들 말하듯이, 생각도 쉬고, 몸도 쉴 겸.

지도를 펴고 다트를 던졌다. 어디가 나오든 그 지역을 향해 떠났다. 그리고 욕망과 목표들로 취해있는 나 자신을 그 여행지에서 내팽개쳤다. (이 당시 어울리지 않는 수염을 길렀는데, 가는 여행지마다 처음 보는 여행객을 만나면 내게 "수염!"이라고 불러댔다. 제대로 내려놨다는 증거다) 단, 그곳에서 느끼는 모든 것을, 삶의 이유로 적어보기로 했다.

삶의 이유 노트

꽃 냄새
바람이 피부에 닿을 때
처음 먹어보는 지역 음식
사진과는 다른 풍경의 색
처음 보는 사람과의 대화
지친 여행의 피로감
푹 자고 일어났을 때의 개운함 등등......!

이것 말고도 꽤 다양한 것들과 매우 사소한 것들까지도 무조건 적었다. 그리고 그 노트를 바라보고 있노라면 내가 사회 속에서 취한 채로 추구하던 목표와 욕망보다 이 노트에 적힌 것들이 삶의 의미에 가까운 것들이라고 느껴졌다. 특히 바다가 있는 여행지에서는 해안도를 자주 걸으며 이런 것들을 적어 내려갔는데, 해안가의 바람이 나를 스치며 바다의 냄새를 전해 줄 때마다, **"아, 나는 이 느낌을 느끼기 위해 태어났구나."**라는 말이 자동으로 튀어나왔다.

그래서, 폼 잡는 인터뷰에서나 할 법한 이야기 하지 말고, 본론으로 들어가서 지금 나의 삶의 이유는 뭐냐고 누군가 묻는다면? 간략하게 답하면 **"일상의 사소한 것들. 내가 조금 더 인간임을 느끼게 하는, 나의 오감들을 채워주는 경험들을 늘리고 싶어서. 그 느낌이 너무 좋아서."** 라 말하고 싶다. 무엇이든 상관없다. 글을 쓰는 행위든, 꽃냄새를 맡는 행위든, 집에서 누워서 바닥을 뒹굴뒹굴하는 행위든 **"아, 나는 이 느낌을 느끼기 위해 태어났구나."**라는 느낌이 들게 하면 그것만으로도 나에게는 삶의 이유인 것이다. 사실 그러고 보면 연기도 그렇고 글을 쓰는 것도 그러한 느낌에 가까웠기에 여태까지 행하면서 버텨온 것이 아닐까 한다. 사회에서 혹은 사람들이 말하는 거대하고 멋진 것들이 아닐지라도 내게 명확하게 살아있다는 느낌을 주는, 온 살갗을 스치고 헤엄치다 끝내 피부 속으로 스며드는 것들. 그래서 나는 앞으로의 삶의 의미와 계획을 그러한 것들을 늘려가는 것으로 방향을 잡았다. 예전에는 "아, 나는 무조건 유명하고 성공한 배우가 돼서 돈도 많이 벌고 좋은 집에 살며 예쁜 여자와 결혼해서 떵떵거리며 살 거야."라는 바깥으로부터 출발해 나로 도착하는, 누구나 이야기할 수 있는 의미들을 찾아 방황했다면 지금은 모든 것이 내 안에서 출발한다. 그래서 나는 하루에도 수백 번, 삶의 이유를 찾아내곤 한다. 마치 어렸을 적 보던 만화 "월리를 찾아라"에 나오는 월리를 찾아내듯. (원제는 'Where's Wally?'이지만 나라마다 Waldo, Willy 등 다른 이름으로 쓰였다.) 물론 나이가 들어가면서 또 삶의 이유는 변화하겠지만 **아무튼, 지금으로서는** 그렇다.

행여 누군가는 말할지도 모른다. 이 급변하고 자본주의에 때가 강하게 묻어나는 사회 속에서, 사소한 것들을 느끼며 행복한 것은 일종의 자위행위나 마찬가지라고. (소확행에 대해서는 다들 의견이 갈리니까 각설하겠다) 나처럼 생각하는 것은 일종의 도피라고. 물론 그렇게 말해주는 이의 의견이 맞을지도 모른다. 나는 아직 삶에 대해서 아무것도 모르니까. 다만, 내가 말하는 것은 일상에 사소한 것들을 느끼며 행복을 느끼자, 라는 식의 자기계발서에서 나오는 이야기들이 아니다. **남들이 말하는 행복이 아닐지라도, 내가 느꼈을 때, 그것이 삶의 이유고, 기분이 퍽 좋다면 그냥** 하나씩 늘려가고 싶은 것이다. 행복이라고 말할 정도까지는 아니더라도, 아주 **작은 것**일지라도, 반대로 아주 **거대한 것**일지라도.

오늘은 방 벽에 붙이는 포스터의 위치를 바꾸다가 문득 삶의 이유를 추가했다. 인간이 아니라면 하지 않을, 포스터의 위치를 바꾸며 공간적 아름다움을 추구하는 나를 바라보다, "아! 이래서 내가 인간이구나, 이런 느낌을 느낄 수 있으니 인간이지!"라고 혼잣말을 하다가 피식거렸다. 이 느낌을 얻었다고 해서 내가 행복을 느낀 것이라고 말할 수 없을지도 모른다. 아직 행복에 관하여 이야기하기에는 삶에 대해서 잘 모르는 부분이 더 많으니까. 행복해지는 방법은 사람마다 다르고 그 정도도 다를 테니, 더더욱. 게다가 누군가에게 "이래라, 저래라, 이것이 행복이다아!" 하고 싶은 생각도 전혀 없고. 나는 그저, 오늘도 **삶의 이유를 하나 더 추가했을 뿐**이다.

영화 포스터 안에 배우들이 멋진 표정을 짓고 있다. 그 안에서는 이미 생을 마감한 배우도 있고 현재도 왕성하게 활동하고 있는 배우도 있다. 그들은 어떤 삶의 이유를 좇으며 삶을 살아냈을까. 이유가 어떠한들 멋있어 보인다는 —인간만이 느낄 수 있는!— 느낌적인 느낌을 확실히 느꼈다. 포스터 속에 사는 배우들이 포스터 안에서 반대로 포스터 바깥의 나를 쳐다볼 때, 그러한 느낌을 받았으면 좋겠다고 문득 공상했다. 아! 이런 공상이 가능하다니. 역시 여전히 나는 삶의 이유가 추가되고 있는, 어디까지나 **인간이다. 인간!**

Writer's Pick♪ Ready, Get Set, Go! - 페퍼톤스

밤하늘

그거 아세요?

낮의 하늘이 매시간 색이 달라지듯이 밤의 하늘도 시간이 흘러감에 따라 색이 달라진답니다. 대부분 사람은 밤의 하늘을 표현할 때 검은색으로 덮어 칠하겠지만, 밤하늘과 새벽공기를 좋아하는 사람들은 시간이 흐를 때마다 천천히 변해가는 고유의 색이 존재함을 알지요. 관찰을 어떻게 하느냐에 따라, 같은 현상도 분명 색다르게 볼 수 있습니다. 이래서 예술은 자연과 뗄 수 없는 사이 같아요.

밤의 자연이 이토록 아름다운데 왜 사람은 밤에 잠이 들게 만들어졌을까요.
의문이 드는 깊은 밤입니다.

Writer's Pick♪ 우주가 기울어지는 순간 - 조소정

입은 닫고

귀는 열고

밀면 밀리고

당기면 당겨가고

결정은 누구에게도 묻지 말고

오로지 스스로

조금은 성숙해지는 법.

중간의 사람

중간의 시를 쓰고 싶다고 첫 책, "시, 공간"의 프롤로그에 썼던 것이 기억난다. 물론 '시'에 한해서만큼은 내 맘대로 써지는 것이 아니기에, 그저 하나의 바람으로 이야기를 한 것이지만 사실 나는 원체 중간의 사람이 되고 싶어 한다. 아니, 중간의 위치를 고수하는 사람으로서 살아가는 것이 내 삶의 지향점이다.

중간의 위치를 고수한다는 것은 무엇을 말하는 것일까. 나를 처음 보는 이들은 내가 중간의 사람이 되고 싶다고 이야기를 할 때면 "포용력이 넓은 사람이시군요." 혹은 "뭔가 되게 우유부단한 면도 있으신가 봐요." 하는 저마다의 의견을 이야기한다. 물론 나는 이 의견들에도 동의한다. 분명 나에게 포용력이 넓은 면과 우유부단한 면이 동시에 존재할 테니까. 뭐, 세상에 완벽한 사람은 없지 않은가. 하지만 내가 말하는 중간의 사람이 된다는 것, 중간의 위치를 고수하며 살아간다는 것은 단순히 가로 범위에 대한 의미만이 존재하는 것이 아니다. 내 마음의 중심을 중간의 위치에서 단단하고 곧게, 마치 나무처럼 밑으로 뿌리 내리되, 가지를 넓게 펼쳐 세상의 다양한 면을 흡수하고 자신만의 뚜렷한 잎과 꽃을 펼치는 것을 말한다. 무언가 조금 시적으로 묘사한 것 같은데, 전달되려나. 쉽게 말해서, 나만의 중간의 위치에서 단단히 자리 잡되, 세상의 다양한 것을 흡수할 줄 아는, 전방향적 삶을 말하는 것이다.

이런 삶을 추구하게 된 데 있어, 어디서부터 이야기를 해야 할까. 보는 것마다 늘 신기하던 시절로 다시 돌아가 보련다. 나는 베이

비붐 세대인 90년대에 태어났다. 이 세대는 굉장히 이상한 특징을 지니고 있는데, 바로 디지털과 아날로그가 공존했던 삶을 경험한 이들이라는 것. 특히 기술의 빠른 발전과 변화는 우리 세대에 태어난 사람이 한쪽에 편향되는 삶을 살기보다는, 여러 가지 것을 겪게 만들어 중간의 위치를 고수하는 환경을 만들어주었다.

처음 전자제품이라는 것을 인식했던 기억을 꺼내 본다. 어린 시절 우리 집의 텔레비전이 그 첫 만남의 주인공이었는데, 그 이름도 유명했던 '금성'의 모델이었다. 딸깍거리는 소리가 가끔 거슬리긴 했지만 나름 깔끔한 버튼식이어서 누를 때마다 기분이 괜스레 좋았다. 게다가 운 좋게도 나는 우리 집의 텔레비전 말고도 다른 모델을 자주 접할 수 있었는데, 아마 내가 할머니 손에 자란 아이여서 그럴 테다. 당시 할머니 댁의 텔레비전은 돌리는 버튼이 장착된 구모델이었고, 나는 할머니 댁과 우리 집을 자주 오고 가서 옛날 방식의 텔레비전과 최신 모델의 기능을 동시에 경험했으니, 중간의 위치에서 옛 기술과 신기술을 모두 경험한 아이였다. (단순한 차이 같지만 돌려서 화면이 나오는 것과 버튼과 리모컨으로 조정하는 것은 엄청난 차이가 있다!)

텔레비전 이야기를 했으니, 음악과 플레이어에 관해서도 이야기해볼까. 내게 처음 음악을 들려준 뮤직 플레이어는 텔레비전보다도 더 중간의 느낌을 주었다. 이 모델은 레코드판과 카세트테이프 그리고 CD를 모두 재생시킬 수 있는 제품이었는데 ―사실 어떻게 보면, 이 기기야말로 아날로그(레코드판)와 디지털(당시에는 CD가 가장 최신방식)이 공존하는 기계이려나― 나는 어느 쪽에도 편향되지 않은 다양한 영역을 어우를 수 있는 중간의 기계로 수많은 음악을 들으시는 어머니의 모습을 보며 자랐다. 이후, 조금의 시간이 흘러 내가 초등학생 6학년이 되었을 때, 드디어 획기적인 물건을 손에 넣게 되었다. 바로 그 이름도 특이한 'MP3'! 유행이었는지, 편리함이었는지 우리 반에 친구들은 하나씩 지니고 있었고 그 모양과 용량도 다양했다. 처음 보급되었던 용량의 형태는 32GB, 64GB, 128GB로 다양했는데, 나는 다양한 제품 중에 삼각형 바 모양으로 된 아이리버 사의 모델을 어머니께 선물 받았다. 아직도 처음 그 MP3를 사용할 때가 잊혀지지 않는다. 저작권의 개념(?)이 모호했던 시대라 그런지, 유명한 공식 음악사이트 같은 곳에서도 쉽게 MP3 파일이 공유되고 있었다. 아마 내가 처음 넣었던 노래는 'Brian McKnight-One last cry'와 'Westlife-MY Love'로 어렴풋이 기억한다. 그 조그만 기계에 어쩌나 많은 곡이 들어갈 수 있던지, 그 곡들이 모여 만들던 울림이 아직도 희미하게 귓가에서 돌곤 한다. 지금이야 어디서든 인터넷망을 통해 스트리밍 서비스로 음악을 들을 수 있지만, CD를 모아 앨범을 만들고, CD 플레이어와 CD 파우치를 일일이 들고 다니면서 음악을 듣던 나에게는 커다란 혁명이자 변화였다. 그렇게 나는 카세트테이프, CD, 그리고 MP3와 조금 시간이 지나자 출시된 PMP(동영상 파일과 음악 파일이 재생 가능한)까지. 나는 이 기기들이 보급되는 전 과정을 청소년 시절에 모두 겪게 되었다. 기계와 기술이 적용되는 세상의 빠른 변화를 가치관이 쉴새 없이 변하던 10대 시절에 어느 쪽에도 오랜 기간 속하지 않고, 중간의 위치에서 빠르게 피부로 느꼈다고나 할까.

MP3와 PMP 이야기를 꺼냈으니, 그 기기에 담겨 나에게 많은 영향을 준 음악과 영화 그리고 드라마 이야기를 해볼까. 기술의 발전과 마찬가지로 내가 10대이던 2000년대는 문화 또한 빠른 변화와 융합으로 다양성이 도래했던 시대라고 생각한다. 어느 하나가 유행하면 취향이 획일화되는 시대가 아니라 -물론 그 당시에도 나름의 유행은 분명 있었지만- 그만큼 다양한 장르가 각각의 시장에 존재하고 있어서, 나는 넓은 문화를 접하며 중간의 자리를 고수했던 듯싶다.

먼저 음악. 나는 이 시절, 어느 음악에만 편향된 취향을 만들지 않고 -그럴 수가 없었다. 하루에도 수많은 다양한 음악들이 튀어나왔으니- 여러 가지 맛을 맛보며 중간의 자리에서 취향의 뿌리를 만드는 시간을 보내며 나를 만들어갔다. 아이돌 음악부터 록, 힙합, 발라드, 댄스, 일렉트로닉, 성인가요, 뉴에이지까지.(아, 이 시절에도 재즈는 비인기 장르인 것 같아, 재즈 Lover로서 마음이 아리다) 각각의 장르가 자신들의 영역에서 다양한 시도를 하며 좋은 음악을 대중에게 선보이고 있었다. 물론 지금도 저 장르들이 완전히 사라진 것은 아니지만, 지금은 거대해진 엔터산업에 맞춰 유행하는 음악만 도래하는 느낌이 괜스레 드니, 나이가 너무 들어버린 걸지도 모르겠다.

다음으로는 영화와 드라마. 2000년대에 개봉된 한국영화의 다양성은 정말 굉장했다. 영화에 관해서는 나보다 훨씬 전문가가 많으시겠지만, 나는 2000년대, 10대 시절에 정말 다양한 장르의 영화들을 영화관에서 볼 수 있었다. (아마 10대 시절의 답답하던 마음을 어둡고 넓은 공간에서 탁 터놓을 수 있어서일까) 게다가 운 좋게 예술 고등학교 연극영화과에 진학한 덕에 영화과 친구들에게 정말 많은 영화를 -정말 장르가 다양했다. 스릴러, 블록버스터, 액션, 멜로, 공포까지- 추천받을 수 있었다. 지금과는 달리, 극장에 가기만 해도 지금의 OTT 플랫폼 서비스(Ex-넷플릭스)처럼 다양한 장르를 한 극장 안에서 볼 수 있었다. 심지어 흥행과는 먼 예술 영화, 독립 영화관이 지역별로 있을 정도였으니까.

브라운관의 높은 시청률을 차지하는 드라마도 마찬가지였다. 지금처럼 거대한 자본을 통해 제작하는 다양성을 지닌 드라마는 아닐지도 모르겠지만, 흔히 말하는 극 시나리오를 기반으로 한 탄탄한 스토리 텔링을 가지고 있는 다양한 작품들이 많았다. 특히 그 시절에는 수많은 명대사와 명장면, 흔히 말하는 마니아 드라마라는 작품들이 마구 튀어나오던 시절이라서 드라마를 보는 내내 몰입력이 강한 장편소설을 읽는 기분이라 내내 설렜다. 물론, 지금의 드라마와 영화시장은 이 시절과 비교 할 수 없을 정도로 성장했다. 일단 투자하는 자본의 크기가 매우 달라졌고, 한국영화와 드라마 모두 해외에 수출되고 인기를 얻을 정도로 성장한 것 또한 사실이라 우리나라 국민으로서 자랑스럽다. 다만 규모와 시장이 아주 크지는 않더라도, 거대한 외국 자본을 제외하고 우리의 자본만으로 훌륭한 스토리 텔링의 마니아 드라마가 출시되던 그 시절이 그리운 것은 이기적인 나만의 옛 취향일지 모르겠다. 유행성과 흥행성만을 노린 드라마만이 제작될 때 아쉬운 것은 아마 내가 10대 시절, 다양하면서도 특이한, 독립적인 예술성이 가미된 장르의 영화와 단막극의 드라마들을 마구 내 안으로 들여보내던 ─결코 어느 한 편의 취향에 치우치지 않던─ 중간의 시절이 그리워서 그런가 보다.

이처럼 나는 한국 문화의 번영기, 다양한 문화가 융합되던 시절에 사춘기를 보냈다. 이 말인즉슨, 어느 편에도 속하지 않고 왔다 갔다 하며 **중간의 위치에서 뿌리를 내릴 수 있었다**는 사실인데, 취향을 뚜렷하게 하는 데에 이만큼 좋은 상황도 없었던 듯하다. 주어지는 콘텐츠의 다양성이 강하니 나만의 자리를 중심으로, 오고 가고, 얻고 버리고 하며, 취향들을 하나, 둘 쌓아가는 시간을 보내기에 최고의 조건이었던 것. 그러다 보니 나만의 뚜렷하고 소중한 취향이 지금처럼 부드러우면서도 또렷하게 자리 잡을 수 있었다고 생각한다.

이렇듯, 나는 중간의 사람으로 살아가는 것이 내게 아주 잘 맞는 지향점이라는 것을 몸소 경험으로써 알게 되었다며, 마지막으로 더 제대로 중간의 사람으로 살아야겠다고 다짐하며 글을 바로 마무리하려 했으나! 앞서 중간의 시와 관련된 이야기를 꺼냈으니 —중간의 시와 관련해서 질문을 여러 번 받기도 했다. 궁금하시면 책 "시, 공간"을 구매하시면 된다— 한번 짚고 마쳐야겠다.

우리나라의 시집을 출간한 대다수 시인은 '등단'이라는 과정을 거친다. 이 이야기는 문학상 대회든, 공식 단체의 공모전이든 어떠한 공식 과정을 통해 '시인'이라는 타이틀을 얻게 되고 출간의 기회를 얻게 됨을 의미한다. 과정의 특성상, 그 시인들을 평가할 사람들이 생겨나고 (물론 한 분야에서 누군가를 평가한다는 위치에 이르렀다는 것만으로 존경을 표하고 싶다) 전 과정에 참여하는 시인들은 일종의 경쟁을 통해 시를 쓰고 등단을 하려 노력하게 된다. 나는 이 힘든 과정이 굉장히 어려우면서도, 대단하다고 여겨졌다. 물론 그 방식이 나의 취향과는 조금은 다르지만. 그런데도 나의 시집을 출간하기 위해 기회를 얻고 싶어 등단을 도전해야겠다는 마음을 먹은 적이 있다. 그래서 당시 등단을 준비하던 문예창작과 전공인 친구에게 피드백을 받은 적이 있는데, 내 시를 읽은 친구는 등단용 시는 이런 시가 아니라고 했다. 그때, 문득 그런 생각이 들었다. '등단용 시와 등단용이 아닌 시가 따로 존재한다는 것인가. 그렇다면 어떤 시가 더 좋은 거고, 어떤 시가 좋지 않은 걸까. 그것을 평가하는 기준은 누구에게 존재한다는 것인가. 시는 시인이 쓰고, 대중들이 읽기 위해 존재하는 게 아닌가. 애초에 시는 왜 존재하는 것일까. 무엇을 위해, 누구를 위해?' 이런 생각이 머릿속에 퍼져 나갈 때쯤, 등단을 포기했다. 물론 어차피 나는 흔히 말하는 등단용 시 −내게는 조금 난해한, 설령 해석할 수 있더라도 그것을 해석하는 과정이 어려워서 의미를 알았을 때 지적 허영이 커지는(친구에게 통상적으로 등단 시는 이런 이미지를 가지고 있다고 들었다)− 를 쓰지도 못하거니와, 나 자신이 그런 대단한 문장력을 지닌 사람도 아닌 평범한 사람이라고 생각하기에 설령 등단을 도전했다고 할지라도, 분명 빠르게 탈락했을 것으로 생각한다. 정말 진심으로.

그때부터, 나는 '중간'의 시를 쓰기로 마음먹었다. 물론 이 과정에 관해서는 첫 책의 프롤로그에 기재한 부분이 있어 자세한 설명은 생략하겠지만, **'잊히지 않고 읽히고 싶은 시'**를 쓰겠다고 마음먹은 이래로 지금 이 글을 쓰고 있는 이 순간까지, 글을 쓰는 데 있어 같은 생각을 하고 있다. 이 지점에 있어서만큼은 단순히 시뿐만 아니라, 나의 삶과 생활방식, 그리고 연기와 글쓰기 분야까지 모두 중간의 위치에서 행해야겠다는 생각을 지닌 채 살고 있다.

나만의 중심이 어느 한 편에 편향되지 않고 중간의 위치에서 깊게 뿌리 잡아, 나라는 사람의 색의 나무가 존재하되, 누구에게도 적대심을 갖지 않고 커다란 나무처럼 **포용**할 수 있는 사람. 언제든, 누구든, 나의 영역에 와서 포근히 쉴 수 있도록 그런 작품을 그려내며 삶을 살아내는 사람. 그래서 나는 앞으로도 지금처럼, 늘 중간의 사람이 되고 싶은 마음을 품으려 한다, 아니 그래야만 한다. 갑자기 이렇게 다짐을 하고 보니 부끄러워진다. 혹, 이 글은 중간의 글이 아닌 한쪽에 치우치지 않았나 싶은 걱정에. 이런 걱정을 뒤로하며 오늘도 나는 중간의 사람이 되기 위하여, 중간의 위치에서 단단한 뿌리를 내리려 고개를 숙인다. 깊고 넓은 따스한, 흙 속을 향하여.

Writer's Pick♪ 1974 Way Home - Mondo Grosso

후회는 마음껏 해야지

후회는 해야 한다. 아니, 사실 '해야 한다.'라는 문장이 어긋날 정도로 누구나 삶에서 후회할 수밖에 없게끔 인간이란 동물은 설계된 것 같다. 그러나 마치 그 사실을 모른 척하듯, 후회라는 단어를 주변에서 혹은 누군가 꺼낼 때마다 금세 후회 자체를 부정하는 격언들이 뒤따라온다. 그 수많은 명언(?) 혹은 격언들은 대부분 비슷한 자세로 후회를 대하는데, 보통 "후회는 절대 하면 안 된다." 혹은 "삶에서 후회는 가장 쓸데없는 것"이라며 찌푸리는 표정으로 마주한다.

'뭐, 유명한, 흔히 말하는 성공 했다는, 위인들이 했다는 말이니까 당연히 정답이겠지.'라고 한때 생각한 적도 있었다. 지금은? 글쎄, 잘 모르겠다. 결국, 그들이 저런 명언을 남긴 것은 본인도 후회해봐서 그런 것일 텐데, 라고 혼잣말이 절로 나오니 말이다. 물론 취지는 좋다. 본인들이 해봐서 하지 말라는 거니까. 근데 그 말을 듣고 안 할 수 있으면 누구나 후회하지 않고 살 텐데, 그게 어찌 쉽나. 어쩌면 그들조차도 저런 명언들을 남겨놓고, '아, 이제 와 보니 생각이 달라졌네. 그런 말, 하지 말고 그냥 조용히 있을걸.' 하며 죽기 전에 후회했을지도 모르겠다. 그만큼 '후회'라는 건 우리 삶에서 필수 불가결한 존재가 아닐까, 한다.

하루에도 수백 번, 혹은 수천 번 여러 가지 생각이 머릿속에서 오간다. 늘 명상하듯, 마음을 비우고 생각을 덜어낼 수 있으면 좋으련만, 복잡한 현대사회를 살아가는 평범한 인간인 나는 생각하기 싫어도 잡념이 떠오를 때도 있고, 조금 전 지나간 일에 대해서 여러 번 곱씹기도 한다. '아, 맛이 별로네. 이럴 줄 알았으면 오늘 점심은 다른 메뉴를 고를걸.' 하는 사소한 후회부터'아, 내가 그때 왜 그런 말과 행동을 했을까. 왜 그런 선택을 했을까?' 하는 마음의 중심을 흔들리게 했던 후회들까지.

한때는 이런 후회들에 꽤 그리고 자주, 사로잡히는 나 자신을 보면서 생각을 비우려고 무수한 노력을 했던 듯싶다. 꾸준히 명상하거나 좋은 책을 읽으며 —물론 부족함에 여전히 하는 것들이지만— 앞서 말했던 인생 선배들의 격언을 읽어 보며 마음을 다잡으려고 노력했다. 절대로 후회만큼은 하지 말자고, 하루에도 여러 번 문장을 질겅질겅 곱씹으면서. 물론 그 과정에서 깨달은 것도 많고 마음을 다스리는 법도 어느 정도 얻긴 했지만, '후회' 그 자체를 마음속에서 지우는 것은 부족한 나로서는 불가능한 일이었다. 나름의 노력을 했는데도 불구하고 후회 자체를 —현재의 나로서는— 하지 않는 것은 불가능하다는 것을 깨닫고 나서는 생각의 방향을 전환하기로 했다.

내가 잡은 방향은 '후회'를 **부정적인 자세로 바라볼 필요가 없다**는 것. 크든 작든 어차피 평생 후회하고 살 것이라면, 덜 후회하는 쪽을 선택하자는 것. 완벽을 위한 선택을 하고 싶어서 혹은 절대 후회하지 않고 살고 싶어 마음 졸이며 스트레스받고 사느니, 그 순간 가장 끌리는 행동을 내 멋대로 선택하고, 설령 원치 않는 대로 흘러간다 한들 '**그때는** 덜 후회하는 쪽을 나름 잘 선택한 거니까' 하면서 웃어넘기자는 거다. 다르게 생각해보면 후회는 결과에 의한 나의 감정의 상태일 뿐이지, 그 순간의 나로서는 최선을 택한 것이니 반대쪽을 선택했다면 더 후회했을지도 모르는 일 아닌가. 그저 모든 것이 확률 게임인 듯한 인생. 어느 쪽을 선택하든 완벽은 없으니, 장단점은 기본적인 구성이고 후회는 무조건 뒤따라오는 옵션으로 여기자는 것.

사실 앞서 말한 명언들의 위인들이 죽기 전 멋진 말들을 남긴 것에 대하여 후회하지 않았을까, 하는 상상을 했던 나이지만 나조차도 이 글을 쓴 자체를 후회할지도 모르겠다. 나이가 들어, 꼰대스런 마음이 행여 붙어나 누군가에게 "다른 건 다해도, 절대 후회만큼은 하지 말렴." 하며 이야기할지도 모르니까. 그럼에도 불구하고 **지금은** 말해야겠다. 무엇보다도 이 글을 지금 쓰고 싶고, 후회한다 한들 지금의 내가 하는 최고의 선택이니.

후회하자. 무작정 후회하자. 까짓거 뭐, 어때. 단! 과거에 연연하고 집착하여 현재를 흐리지는 말고, 선택한 것에 대하여 '아, 다른 선택을 한번 해보면 어땠을까. 더 재밌는 게 나왔을지도 모르는데. 아쉽네, 풋!' 정도의 에너지만 쓰자. 그리고 어떤 선택을 했든 간에, 그 순간 끌리는 대로 선택한, 삶을 늘 정면으로 웃으며 받아들이는 나 자신에게 자부심을 느끼며 살아가겠다. 더해서, 안전벨트 기능! 무엇보다도 후회할 수 있다는 것, 그 자체는 좋지 않았던 결과를 맞이한 과거의 경험을 다시금 반복하지 않게끔 하는 안전장치이므로, 내 삶에서 필수다.

이 글을 쓰고 있는 지금, 이 순간까지도, 나는 조그마한 후회를 하고 있다. 자주 가는 단골 카페의 평소 먹던 원두의 아메리카노가 아닌 다른 아메리카노의 원두를 주문했는데, 역시나! 구관이 명관이라 했던가. '음…. 아, 음, 내가 싫어하는 산미라니…!' 내 취향의 맛은 아니다. '그냥, 원래 먹던 거 먹을걸.' 하는 후회가 종이에 떨어진 먹물처럼 머릿속 곳곳에 빠르게 번져나간다. 허나, 나는 그 번짐을 막고 싶지 않다. 이왕 후회하는 거 제대로 후회하자며, 생각이 마구 번져나게끔 그대로 두련다. 이 번짐이야말로 분명 다음에는 원래 먹던 맛있는 커피를 선택하기 위한 **'필요한 후회이자 경험'**이다.

조금 전의 선택은 사소한 상황이었으나, 아마 살아가는 내내 선택을 해야만 하는 무수한 순간들이 오겠지. 감당 안 될 만큼 커다란, 내 삶을 송두리째 흔들리게 할 만한 중요한 선택의 기로도 다가올 테고. 그날이 내게 어떠한 방식으로 다가오든, 어떠한 과정을 만들어내든, 어떠한 결과를 만들어내든, 나는 후회하고 또 후회하리라. 그리고 후회의 경험을 토대로 삼아, 인생을 그저 더 재밌게, 흘러가는 대로 살아가고 싶다. 그러니 다시 한번 말하지만,

후회하자, 사는 내내 마음껏!

Writer's Pick♪ Tea for Two - Xavier Cugat

인생은 운이야

인생은 운이다.

나 또한 믿고 싶지 않지만, 분명 대부분 사람이 인정하기 싫겠지만 슬프게도 운이다. 물론 평상시에도 여러 번 밝혔듯이 나는 노력의 가치를 존중한다. 누군가가 알아주지 않더라도, 노력은 있는 그대로 가치를 지니고 빛나는 법이니까. 다만 그래도 '운'이 아주 강하게 작용하는 것이 인생임을 부정할 순 없다. 만약 '운'이 나빠서 어떤 누군가에게 노력할 상황조차 주어지지 않는다면? 한 분야에서 **성공**했다는 이가 몇 세기 전에 다른 시대, 다른 계급으로 태어났다면? 그러한 불가피한 상황조차 '노오력'이 부족하다는 이야기로 누군가를 깎아내릴 것인가. 어떤 사람이든 다른 누군가를 깎아내릴 자격이 없다고 생각하지만, 슬프게도 우리 사회는 너무나 쉽게 노력이 부족하다는 이유로 누군가를 깎아내리곤 한다.

첫 책, "시, 공간"이 출간되고 나서 "첫 원고에 출간은 힘들거야, 아무리 노력해도."라고 걱정 어린 말을 건네주던 친구들조차 나의 노력을 인정하며 칭찬의 말을 보내곤 했다. 그 말 중 가장 많이 차지했던 문장은 "정말 많이 노력했구나, 너."라는 문장이었다. 물론 그 마음이 정말 감사했고 따뜻한 건 사실이었지만, 솔직하게 답한다면?

'글쎄, 정말 노력했나, 나는? **솔직히 까놓고 말해서, 그냥 운이 좋았다. 정말.**'

이렇게 답할 수 있다. 물론 나름(?)의 적절한 노력을 한 건 사실이었으나, 정말 많이 진짜 최고 슈퍼 파월로 노력한 것 같지는 않다. 일단, 나는 문학 전공자도 아니거니와, 정말 노력을 했다고 말하기에는 −다른 일과 병행하고 있었으므로− 온종일 글을 쓰지도 않았다. 왜냐고? 쓸 땐 제대로 게을러지고 싶어 자주 늘어지곤 했으니까.

소설가 조정래 선생님은 한 인터뷰에서 "최선이란, 자기의 노력이 스스로를 감동시킬 수 있을 때 비로소 쓸 수 있는 말이다."라고 하셨단다. 그런 의미에서 나는 최선을 안 한 듯하다. 일단 −내 노력이− 자신에게 감동을 주지 못했고, 무엇보다도 글을 취미로 가진 누구든, 천천히 쓰다 보면 나 정도는 쓰니까. 그래서 나는 첫 책 원고를 작업하면서 에세이를 단기간에 써야 한다는 압박감에 약간의 고통은 따랐으나, 작품에 실은 시를 퇴고하면서는 고통스러웠던 적이 −감정이 아닌 집필이라는 행위에 관하여− 거의 없다. 물론 나름(?) 내 글의 부족함을 스스로 늘 자주 자각했던지라, 많은 시집과 에세이, 소설, 고전문학 등을 꾸준히 읽고 자연스레 공부하며 습득한 평소의 노력은 존재하나, 그 정도는 독서 모임을 꾸준히 참여하는 보통의 독자들도 누구나 할 수 있으리라 본다.

그렇다면, 다시 한번, 내가 책을 낼 수 있었던 이유는?

정말로, 정~말로, 그저 운이 좋았다. **운이 마침 작동해서 출간할 수** 있었다. 이 운이란 녀석은 단순히 딱 들어맞는 것이 아니라 여러 가지 상황과 타이밍이 맞물리는 순간 작용하는데 나는 상황과 타이밍, 둘 다 잘 들어맞았다. 마침, 전에 소속되어 있던 연기 소속사를 나왔고, 그 순간 코로나바이러스가 창궐하면서 공연 오디션 및 다른 연기 오디션조차 점차 사라지는 상황이 몇 달째, 계속되었다. 그러다 보니 자연스레 백수가 되었고, 백수가 되니 할 일도 마땅히 없었다. 그렇다고 매일같이 신세 한탄하면서 친구들, 혹은 동료들과 만나 술자리로 시간을 축내는 것은 내 성격에 맞지 않았다. 원래 백수가 가장 바쁘던 게 아니던가. 물론 소속사에 있을 때도 그리 바쁘지는 않았지만, 그 소속사조차 나오니 단기 목표가 불분명해졌다. 그 순간, 내게 주어진 선택안은 두 개였다. 첫 번째, 어떻게든 아르바이트를 구해서 한다. (물론 이것도 타이밍인지, 코로나 덕에 아르바이트 자리도 통 없었다) 두 번째, 그냥 놀자. 두 선택안 모두 마음에 들지 않아 한참을 고민했고 ─고민을 핑계로─ 대부분 시간을 침대에 누워 멍을 때렸다. 그렇게 멍을 때리고 있을 때, SNS에 주기적으로 글을 올릴 때마다 꼭 출간하셨으면 좋겠다는 분들의 댓글이 갑자기 떠올랐다. (마치, 하나의 신호처럼 떠올랐다! 그 순간 갑자기 그 댓글들이 떠오른 것도 단지 운이었던 듯싶다)

그래서 일단 놀면서 해보자는 마음으로 그동안 썼던 글들을 하나, 둘 정리하기 시작했다. 그렇게 목차를 만들며 정리해보니 그동안 썼던 시가 대략 100편은 넘었고, 주변 문학 전공자 친구에게 질문하면서 출간기획서도 적당히 작성했다. (사실 주변에 질문할 수 있는 전공자가 있었다는 자체도 난 운이 좋았다) 여하튼 '적당히' 작성한 출간기획서와 시 여러 편이 담긴 원고를 여러 출판사에 투고하기 시작했다. 운이 좋게도 몇몇 출판사에서 연락이 왔다. 이렇게 말하면 누군가는 마치 내가 엄청 글을 잘 써서 연락이 왔다고 생각하겠지만, 오래전부터 해왔던 SNS가 예전보다 조금 커진 덕에 아마 혹시나 상업성이 있지 않을까, 하고 연락 온 것이 대부분이었다. 뭐, 당연한 일이라고 생각했다. 세상에 글을 잘 쓰는 사람은 너무 많으나, 자신의 이름을 건 책 한 권 내기 힘든 것이 출판계의 현실이라 하니까. 어찌 됐든, 출간하고 싶었으니 미팅 및 몇몇 통화를 하게 되었고 조건들을 받게 되었다. 하지만 아쉽게도 어느 하나 내 맘에 들지 않았다. 인세나 계약과 관련된 문제들은 둘째 치더라도, 무엇보다도 내가 하고 싶은 대로 할 수 있는 것이 없었다. 당연히 출판사에서 책을 만든다는 것이 무료봉사도 아니고 일종의 상품으로써 이윤을 위해 투자하여 만드는 것이겠지만, 무언가 내가 원하는 대로 만들고 싶은 욕구가 강했었던 나는 -이상한 겉멋만 든 인간이라!- 그 조건들이 그리 탐탁지 않았다. 그렇게 한참을 고민하다, 우연히 몇 년 전, 출연했었던 팟캐스트의 단체에서 출판사를 준비한다는 이야기를 듣고, 그 단체 대표님과 미팅을 하게 되었다.

미팅 결과는? 대만족이었다. 대표님은 책을 만들기 이전에, 내게 "왜 책을 만들고 싶으세요?"라는 궁극적인 이유와 목표를 물어보셨고, 책을 만드는 과정에 있어 -설령 내가 신인 작가라도- 책의 구성과 디자인에 관해 함께 타협하며 하나의 작품을 만들어내는 듯한 과정을 제안하셨다. 그 과정은 내게 있어, 한 편의 연극, 한 편의 영화를 만드는 것처럼 느껴졌고, 시뿐만 아니라 에세이도 집필해서 구성하자는 추가 제안과 함께 출간 계약을 하게 되었다.

사실 지금 와서 보면 굉장히 물처럼 쉽게 흘러간 듯하지만, 출간에 관련해서 문외한인 나로서는 정신없는 시간이었고, 계약하고 난 이후에도 책이 세상에 나오기 전까지의 과정 또한 쉽지는 않았다. 하지만 그 전 과정을 무사히 끝낸 것조차 나는 운이 좋아서 가능할 수 있었다고 생각한다, 정말로. 절대로 **내가 잘나서 할 수 있었던 일들이 아니다.** 설령 내가 노력을 99프로 끌어올렸다고 한들, 마지막에 단 1프로의 운과 수많은 인연이 존재하지 않았다면 나는 절대로 내 이름을 건 책을 출간할 수 없었다고 생각한다.

　내가 여태 이야기했던 '운'은 운명에 관련된 이야기는 아니다. 운명과 시간의 흐름에 관련해서는 훌륭한 세계의 석학들이 과학이론을 발전시키고 있으니 내가 할 이야기가 아니기도 하고. 그저, 내가 경험을 통해 말하고 싶은 '운'은 확률에 관한 이야기다. 아무리 내가 노력한다 한들, 삶에서 원하는 것은 확률에 의해서 '될 수 있거나, 혹은 되지 않거나.'로 결정된다는 것. 그러니까, 결론적으로 내가 정말 하고 싶은 말은 **'내가 원하는 대로 무언가가 이루어지지 않는, 아무리 노력해도 이루어지지 않는 순간'**들이 삶에 찾아올 때 **너무 상실할 필요 없다**는 거다. 몇몇 힐링 도서의 깊이 있는, 훌륭한 작가님들이 말씀하시는 "당신은 충분하다, 쉬어도 괜찮다."라는 표현은 아직 삶의 경험이 부족한, 어린 나로서는 차마 못 꺼내겠다. 각자의 삶과 상황은 너무 다른데, 남의 삶에 대해 뭣도 모르는 어리석은 내가 그런 말을 하는 것은 너무 무책임하다는 느낌이든다. (물론 나는 늘, 충분히 쉬고 싶어) 그래서 내가 말할 수 있는 정도는 딱 이 정도 문장인 듯하다.

　-다시 한번 반복하지만- 이루어지지 않았을 때, 절망하고 상실하지 말자는 말. 당신의 노력이 충분한지 혹은 충분하지 않은지, 그건 오롯이 그대만이 알 테니, 나는 **충분한** 노력치에 관해서는 입을 다물겠다. 다만, 원하는 대로 흘러가지 않을지언정 그저 운이 나빴을 뿐이니 당신이 원해서 다시 도전하든, 하지 않든, 당신의 마음이 이끄는 대로 삶이라는 흐름에 자신을 맡겼으면 좋겠다.

　만약 자신이 원하는 대로 잘 된 경우에는? 그렇다면 그냥 즐기면 된다. 뭐, 아직 덜 성숙한 내 생각과는 다르게 자신이 느낀 대로 말해도 된다. "나는 미친 듯이 노력해서 잘 된 거야, 내 노력이 엄청나서 성공한 거야."라고. 이 말들이 당신이 원하는 것이라면 그저 하고 싶은 대로 해도 좋다. 그 나비효과가 또 다른 운을 불러일으킬지 누가 알겠는가. (물론, 그 태도에 관련해서 돌아오는 리액션과 중압감은 자신이 책임져야 한다. 살다 보니 '겸손'이란 미덕은 에어백인 것 같다) 다만 내가 여태 살아오면서 느낀 것, 그리고 걱정하는 것은 아마도 −당연히 노력했겠지만− 좋은 일들의 대부분은 노력에 운이 더해져서 잘 됐을 확률이 크다는 것. 게다가 슬프게도 인생은 새옹지마라, 좋은 결과가 꾸준히 보이다가도 갑자기 뜬금포로 안 좋은 일과 결과들이 다가오기도 한다. 만약 그 순간에, 자신의 노력치를 운운하며 자기 안으로 들어가며 절망하게 된다면? 아마 잘 됐던 순간들을 회상하면서 자신의 노력이 부족하다며 과거에 집착하거나 혹은 자신을 스스로 압박할 확률이 높다. 더해져 만약 운이 없어 꾸준히 좋지 않은 일들이 밀려온다면 (결국, 이것도 확률일까) 절망의 늪에 도달해 평생 우울하게 살아갈지도 모른다.

앞서 말한 것들은 내가 겪은 경험들을 토대로 적립된 내 생각이다. 중학교 시절에는 특목고 공부 준비를, 예술학교 고등시절과 20대 초에는 음악을, 대학부터 현재까지는 연기와 글을 마주하고 있는 상황에서, 결과에 대한 압박에 늘 스스로 목을 졸라왔다. 선택받지 않으면, 할 수 있는 상황조차 주어지지 않았으니까. 그 결과 남들보다 예민한 강박증에 허덕여, 한때는 공황이 오기도 했다. 보통 분야의 사람들도 바쁘고 복잡한 현대사회에서 늘 경쟁이라는 도마 위에 올라서지만, 예체능 분야의 삶을 겪어본 친구들이라면 그 횟수가 더 크다는 것은 분명 공감하리라. 그래서 나는 결과가 좋지 않은 순간과 내가 원하고 계획한 대로 이루어지지 않은 내 삶을 부정하면서, 노력이 부족해서 그런 것이라고, 내가 쓸모없는 사람이라 이런 것이라고 늘 되뇌어 왔다.

어느 겨울날, 자주 들르던 연습실 근처에서 잡초 사이에 핀 어린 꽃을 발견한 적이 있다. 보통 때였다면 이 추운 날씨에 자신을 피운 꽃의 노력에 감탄했겠지만, 그날은 같은 흙 속에 심겨 피지 못한 꽃씨 무리를 생각했다. 얼핏 생각해보면 같은 조건에서 노력의 여부에 따라 지금 핀 꽃이 탄생한 듯하지만, 사실 흙 속의 어느 위치에 뿌려지고 심어졌냐에 따라서 어떤 씨앗은 돌에 부딪혔을 것이고, 어떤 씨는 충분히 수분을 못 받았을 수 있다. 아무리 피우고 싶어 노력했어도, 그저 주어진 상황 때문에 타이밍과 운이 나빠 되지 않는 것도 있구나, 하고 그 씨앗들은 충분히 느꼈으리라. 하지만 나는 그 씨앗들을 절대로 불쌍하게 여기지 말자고 다짐했다. 비록 꽃을 피우진 못했지만, 그래도 **꽃씨**는 **꽃씨**다. 결과를 내보이지 못했어도 꽃씨는 있는 그대로의 가치를 지니고 흙 속으로 물들어간다. 그렇게 흙 속에서 자리를 잡고, 자연의 순환에 자신을 내맡긴 채, 긴 시간이 지난 어느 날, 전혀 다른 새로운 모습으로 자신을 세상에 내보였으리라.

사람도 이와 같다는 생각을 한다. 원인과 결과는 세상에 존재하겠지마는, 우리의 힘으로 좌지우지 못 하는 확률이란 것도 이 세상에 존재한다. 그러니 엿 같은 일이 우리에게 계속 일어난다 한들, 자신을 가둔 채 상실의 늪에서 허덕이지 말고, 그저 한마디 했으면 좋겠다.

'아, 운이 나빴다. 그래도 나는 했으니까. 결과가 어떻든 나는 나고 앞으로 무얼 하고 싶은지 생각하지 뭐. 다음엔 좋은 운이

오겠지, 뭐. 다음에 안 오면 음, 아님 망고~ 대신 그다음에 올 수도 있겠지.'

너무 무한긍정이라고? 그럼, 어떡하나. 운은 인간의 영역이 아닌 걸. 누군가는 슈퍼 양자 컴퓨터를 만들어서 인간의 과거와 현재, 그리고 미래를 컨트롤 할 수 있는 세상이 올 수도 있다고 하지만, 나는 아직 운만큼은 우주의 영역이라고 생각하련다. 그저 내가 어떻게 할 수 없는 것이 삶이라는 녀석임을. 그러니 무언가에 기대하지도 말고, 실망하지도 말고, 그저 내 마음이 원하는 대로 행하되, 결과가 어떻든 상실하지는 말자고. 그저 **맘 편히** 있자고.

'운'이라는 이야기를 꺼내면서, 계속 같은 이야기를 반복해서 쓴 듯하다. 하지만 꼭 하고 싶은 말이기도 했다. 나를 포함한 청춘들이 그저 '노오력'이라는 것에 자신을 불태우지 않았으면 좋겠다고, 세상에 내보이는 멋진 꽃만이 되기 위해 고통받기보다는, 흙 속에서 옆으로 몸을 누운 채, 뒹굴뒹굴 구르며 여유를 가지는 꽃씨도 퍽 나쁜 삶은 아닐 것이라고, 토로하고 싶었다. 아, 이 글을 쓰는 나의 기력과 운은 여기까지인 듯싶다. 마무리하려다 보니 갑자기 옆으로 누워 뎅굴거리고 싶어졌다. 그러니 나는 보이지 않는 꽃씨가 되어 뎅구르르르르.

Writer's Pick♪ 베란다 프로젝트 - 괜찮아

나 자신님, 나대지 마세요

아, 중간을 잡고 사는 게 너무 힘들다. 내 정신은 왜 이리 하루에도 '위, 아래, 위, 위, 아래'로 수백 번 왔다 갔다 하는지. 예민함을 장점으로 이용하되 태도에 적용하지는 말자, 하며 마음을 다잡다가도 나도 모르게 (나조차 나를 속이다니, 사기에 재능이 있는 걸까) 태도가 예민해지는 자신을 발견할 때면, 느껴지는 마음의 흔들림에 고통스럽다.

이번 책의 원고를 작성하면서 마음의 피부를 강타한 것이 있다. 역시 취미는 취미일 때, 그냥 게으르게 놀고 즐기면서 할 때 가장 즐겁다는 것. 그저 취미로써 쓴 글들을 모아, 첫 책의 원고를 즐기면서 퇴고할 때와는 다르게 두 번째 책의 원고를 퇴고하는 시간은 내내 이상한 중압감에 맞물린 예민함이 강하게 발현되었다. 아마 이제는 단순한 취미가 아니라 글을 쓰는 것을 하나의 일로 내 뇌가 받아들이나 보다. 하긴 그도 그럴 수밖에 없는 것이, 원고 완성을 위한 글쓰기 수업인 '스파르 타자기'를 만들어 운 좋게 학생들을 가르친 결과, 실제 학생들의 출판 원고를 완성할 수 있었고 팟캐스트 '감성, 공간'을 통해 각각의 분야에서 정진하시는 작가님들, 예술가분들의 삶을 콘텐츠로 만드는 일도 하게 되었다. 모든 것이 첫 책을 낼 수 있었던 운의 가지에서 뻗어 나간 일이었다. 이렇게 감사한 일이 생기다 보니, 아무리 내가 타고난 베짱이라 할지라도 책임감이 커질 수밖에 없다. 아무리 게을러도 남에게 피해 주면서 사는 것을, 나는 극도로 싫어하니까. 그렇게 모인 책임감들은 아마 더 잘하고 싶은 욕심으로 진화했나 보다. 어느새 두 번째 책은 더 잘 만들고 싶다는 욕심이 군데군데 묻어나와 점점 신경이 예민해지고 삶의 태도에도 묻어 나오곤 했다. 내가 가르치는 학생분들에게는 "열심히 하시면 좋고, 그렇지 않더라도 놀고 즐기면서 쓰셔요!"라고 말을 해놓고는 내 원고를 차지하고 있는 -몇몇 글들은 몇 년 전에 쓴 글을 퇴고하는 과정일 뿐인데- 조그만 글씨 하나, 쉼표 하나까지 예민하게 신경이 쓰여 키보드를 못살게 굴었다.

어느 날, 일정 중간에 자투리 시간이 비어 원고도 손볼 겸, 별다방 카페를 방문했다. 별다방 카페를 가보신 분들은 누구나 아시겠지만, 어느 지점을 가든 내부의 중앙 혹은 넓은 자리에 기다란 테이블이 자리를 차지하고 있다. 그 긴 테이블은 콘센트와 USB 충전 단자가 옵션으로 있어, 작업하는 사람들이 선호하는 자리라 늘 인기가 많아서 빈자리를 찾아보기 힘들다. 하지만 그날은 마침 그 테이블의 빈자리가 딱, 내 눈 속을 차지해서 주문한 커피를 받아들고 여유롭게 착석한 후, 원고를 손보기 시작했다.

왜 글 작업은 집보다 카페에서 더 잘되는 것일까. 전문가들은 화이트 노이즈 때문이라고 하던데, 사실 나는 카페에서도 이어폰을 끼고 글 작성을 한다. 아무래도 집에서는 한없이 쉬고 싶어지는 나의 베짱이 특성 때문이겠지. 아무튼, 나는 긴 테이블에 양쪽 팔은 올리고 양쪽 귀에는 이어폰을 낀 채 한참 동안 원고 작성을 하고 있었다. 그런데 갑자기, 어디선가 음악 소리가 큰 소리로 울려 퍼지는 것이다. 별다방 카페에서 트는 '이달의 재즈 TOP 100' 같은 상투적인 음악이 아니라 아주 시끄럽고 강렬한 음악이 긴 나무 테이블을 감싸며 울림통으로 쓰고 있었다. 어찌나 그 소리가 컸는지 이어폰을 꼈는데도 불구하고 내 양쪽 고막을 때리기 시작했다. 그 순간, 나의 예민함이 태도에 묻어나기 시작했다. 안 그래도, 그 날

따라 집중력이 낮았는지 글 퇴고가 잘되지 않았는데, 커다란 음악이 나의 신경 폭탄의 도화선에 불을 붙인 것이다. 그때부터 나는 집중하지 못했다. 눈은 랩탑 화면을 바라보고 있어도 온 신경은 귓바퀴에 닿아 있었다. 음악이 울려 퍼지기 시작하고 한 5분 정도가 지났을 때, 나는 범인을 찾아야겠다고 마음먹었다. 마치 명탐정 셜록이나 뒤팽이라도 된 것처럼, 긴 테이블의 앉은 사람을 관찰하기 시작했다. 음악이 울려 퍼지는 각도와 볼륨의 양을 감으로 느끼며 후보를 좁히다가 바로 나의 45도에 앉은 한 손님으로부터 음악이 시작된 것이라고, 확신했다. 그래서 그 손님에게 말을 걸어 "저기, 음악이 커서…!" 라고 말하는 동시에 내 랩탑과 동기화된 블루투스 이어폰 버튼을 눌러 정지했는데! 아, 이럴 수가, 신이시여! 무교인 내가 신을 찾고 있었다. 일어나지 않았으면 하는 일이, 예상하지 못한 채 일어난 것이다.

범인은 나였다!

이 쪽팔림은 어디 가서 보상받아야 하는지, 쪽팔림을 보상받는 보험이 있으면 좋겠다고 순간 생각했다. 사건의 진상은 이랬다. 블루투스 이어폰을 평상시에 폰에 동기화하여서 사용하다가 카페에서는 동기화를 끊고 랩탑과 연결해서 사용하곤 하는데, 합체하는 과정에서 원래 틀어져 있던 음악이 폰 스피커로 재생되었나 보다. 굳이 해명하자면, 분명 동기화를 설정하며 음악 앱에 정지 버튼을 내 손으로 누른 후, 꺼진 것까지 확인했는데 무슨 오류인지 아니면 폰이 나를 맥이려고 작정을 한 건지, 재생이 된 듯했다. 아무리 찾아봐도 쥐구멍 따위는 보이지 않아서 커다란 쪽팔림은 오로지 내 몫이었다. 마치 이 느낌은 중학교 때 전교 회장을 하면서 대표로

상을 받기 위해, 조회대로 걸어 올라가다가 넘어진 바람에 계단에서 호롤롤롤롤로 굴렀던, 큰 망신을 당한 기억의 느낌과 비슷했다.

일단 정신 차려야 했다. 반성하기 이전에, 급한 불부터 끄는 것이 늘 중요하니까. 휘둥그레 커진 눈으로 '뭐야, 이 인간은?' 하는 표정으로 나를 쳐다보던 손님께 죄송하다는 말씀을 빨리 드린 후, 카운터로 가서 쿠키를 구매해서 사과의 표시로 건네 드렸다. 자세한 설명을 해드리진 않았지만, 그 손님도 눈치껏 상황을 파악하신 듯, 웃으시면서 괜찮다고 쿠키를 받아주셨다.

상황을 해결한 후, 정말 집에 가고 싶었다. 원고고 뭐고, 그저 집에 가고 싶었다. 하지만 그럴 수 없었다. 아마 사람 많은 곳에서 넘어져 본 분들은 아시겠지만, 그나마 창피함을 덜어내려면 넘어진 다음에 '아무렇지 않은 척'을 하며 일어나는 것이 감각적으로 매우 중요하다. 그리고 나서는 끊임없이 자신에게 '생각보다 세상 사람들은 내게 관심이 없다.'라고 소리 없는 아우성을 외치며 자기합리화라는 최면을 걸어야 한다.

나는 어떤 대사를 치며 자기합리화라는 최면을 걸었을까. 그 문장은 '나대지 말자, 심장아.' 로맨스 소설에서나 나올 것 같은 오그라드는 문장이지만, 전혀 다른 의미로 사용했다. '심장 = 나 = 마음' 식의 의미로써 내 속에서 맴돌았다. 쉽게 말해서, '나대지 말고 가만히 있을걸'이라고 말하면 가장 옳을 듯하다. 글의 서두에서 말했듯, 예민함이 부정적인 태도로 묻어나오지 말자고 그렇게 생각했건만 너무 쉽게 좌지우지된 나 자신이 창피하고 바보스러웠달까. 만약 평상시 태도였다면? 중압감에 마음이 흔들리지 않고, 욕심을 비운 채 원래 글을 쓰던 것처럼 즐기듯 글을 썼다면 소음이든, 음악 소리든 들린다 해도, 그냥 웃어넘겼을 것이다. (물론 애초에 음악을 재생시킨 내 잘못이라, 사과했어야 하는 일이지만)

하지만 괜한 예민함에 짜증이 뒤섞여 모르는 사람에게 민폐를 끼치는 행동을 저지른 것이다.

중학교 시절, 굉장히 엄했던 선생님이 있다. 보통 엄하면서도 은근히 챙겨주는 사람을 '츤데레'라고 표현한다고 하지만 그런 유형의 사람도 아니었다. 그냥 엄하고 혼내는 것을 즐기는 듯한 선생님이어서 그런지, 안타깝게도 정말 단 한 명도 그 선생님을 좋아하는 친구들이 없었다. 하지만 엄하고 무서우셔서 그랬던 것인지, 선생님이 하신 말이 강하게 와닿아서 그런지 모르겠지만, 나는 그 선생님이 아이들을 혼내면서 자주 내뱉으셨던 말이 순간 머릿속에서 반짝거렸다.

"나대지 마라, 잘 모를 때는. 사람이 가만히 있으면 반이라도 간다, 짜슥들아." 사실 아무리 훈육이라 할지라도, 따뜻한 마음이 담긴 문장은 아니라고 생각한다, 절대로. 같은 말이라도 어떻게 하느냐에 따라 듣는 사람이 받아들이는 느낌은 전혀 다르니까. 다만 왜 이 창피한 순간에 저 문장이 떠올랐는지는 나조차도 모르겠다. 예민함에 신경이 곤두서고, 잘 모르는 것에 관하여 내가 뭐라도 된 듯, 나대는 행동을 해서 그런 것이었을까.

내가 휘갈긴 다른 글에서는 분명 '예민함'이라는 속성 자체는 소중한 것이라고 말했다. 그리고 지금도 '예민함'이라는 단어는 참 어여쁘다고 생각한다. 하지만 이 글 속에서 여러 번 말했듯, 잘못 쓰인 예민함에 태도와 행동이 지배당해서 사는 것만큼 피곤한 일도 없는 듯하다. 예민함이라는 것은 소중하고 여린 만큼 그만큼 꼬이기도 쉽다. 그래서 자칫, '예민함'은 '신경질적'과 '무례함'으로 잘못된 진화를 맞이할 위험성도 크게 존재한다. 그러니 내가 예민한 사람이라는 이유만으로 배배 꼬인 채, 나도 모르게 신경질적이며 무례한 사람으로 살아가지는 말자고, 다시 다짐하며 손을 들며 ~~~ **단호하게 선**을 긋겠다. 예민함과 신경질적 그리고 무례함은 다른 아이들이라고. 불공평한 세상에 대해 반항적인 마음이 드는 것과는 다르게, 아이러니하게도 삶이란 녀석은 배배 꼬여서 누군가를 불편하게 하고, 타인에게 신경질적으로 사는 것보다 그저 바르게 살아갈 때가 생각보다 편할 때가 많다고. 누군가 잘되면 진심을 담아 축하하고, 힘들면 내 일처럼 슬퍼하고. 다만 좋지 않은 일들, 나의 예민함과 신경이 꼬이는 것 같은 상황이 됐을 때, 나 자신을 돌아보면서 마주해야 한다는 것을. 이 상황이 정말 나에게 불합리해서 일어난 일인지, 그냥 내 예민함이 멋없고 구리지만 편한 길인 신경질적으로 변하려고 하는 것인지, 스스로 알아챌 수 있는 선을 그려야 한다.

세상이 급변하고 바빠지면서, 많은 사람이 앞서 말했던 좋지 않은 의미로 태도가 예민해지는 상황을 많이 목격하곤 한다. 본성에 관한 이야기는 제외하고서라도, 그 빈도가 점점 늘어나는 걸 보면 나는 대부분 사람이 각자의 상황 때문에 좋지 않은 태도에 빠진다고 생각하련다. 사람이 나빠서 그런 것이라, 생각하면 끝이 없으니까. 아마 바쁘고 급변하는 사회 속에서 남들에게 맞추지 않으면 도태되는 것만 같은 심정을 갖게 되는 압박감과 조급함, 그리고 완벽주의. 이 단어들이 분명 현대인의 생활에 부작용이리라. 그 부작용이 내게도 일어나는 것이겠지. 그럼 그 부작용을 어떻게 눌러야만 할까.

한 독자분이 SNS를 통해 질문을 던져주셨다. 어렸을 땐 분명 그러하지 않았는데, 성인이 되고 사회생활을 하다 보니, 자신도 모르게 예민해지고 신경질적으로 행동한다고. 그나마 여러 취미 활동을 통해 누르고 있었는데, 일이 풀리지 않고 마구 꼬일 때면 미쳐버리겠다고. 이 꼬인 상황을 한 번에 풀고 싶은데 어떻게 하면 풀 수 있는지에 대한 질문이었다. 질문을 받고 한참 동안 천장을 향해 멍을 때려 보냈다. 왜냐면 내가 최근에 그러한 상태인데, 내가 뭐라고 이 질문에 그럴듯하게 답변하겠는가. 나도 나를 잘 모르고 내 벽에 부딪힐 때가 많아서, 나는 남에게 절대 함부로 충고나 조언을 건네지 않으려고 노력하는데 말이다. 결국, 단순하게 내가 임시로 하는 이상한 방법을 답해드렸다.

"저는 미쳐버릴 것 같으면, 풀려고 하지 않아요. 그냥 냅둬요. 실이 꼬였을 때, 한 번에 풀고 싶어서 손가락에 힘주고 빡! 풀다 보면 아이러니하게 더 꼬일 때가 있어요. 마음도 그런 것 같아요. 제가 능력이 뛰어나고, 마인드 컨트롤이 뛰어나면 한 번에 풀겠지만, 아쉽게도 그런 훌륭한 인간이 아니라서, 조금 얄밉게, 간 보면서 살살 건드리는 거죠. 내 마음을 아기 다루듯이. 그러기 위해선 그냥 시간이 필요한 것 같아요. 물론 요즘 같은 세상에서 쉰다고 해도 맘 편히 쉬는 사람이 몇이나 있겠어요. 무책임하게 그저 쉬라고는 말씀 못 드리겠어요. 다만 설령 그러다가 해도, 그냥 멍~때리면서 있어 봐요, 우리. 자기 합리화하고 핑계 대면서. 그저 부족한 답변이라 죄송하네요."

답변을 보냈다. 사실 나도 명쾌하게 해결하지 못한 문제들이라 보내고도 괜스레 찝찝했다. 마음 다스리기나, 붓다의 명언과 명상이라던가, 하는 것들로 순간적 마음을 내려놓는 방법들이야 이미

해본 만큼 해봤지만, 지금도 늘 왔다 갔다 하는 나로서는 대답해놓고도 시원하지 않아 답답했다. 하지만 아이러니하게도, 이 질문의 대답은 며칠 후에 좋은 방향으로 풀리기 시작했다.

날씨가 흐렸던 어느 날, 어머니랑 길을 걷는데, 조급해지고 신경질적으로 변하는 나와 많은 사람, 그리고 세상에 관한 이야기를 드리며 답답하다고 토로했다. 그런데 아이러니하게도 어머니는 웃으면서 대답하셨다.

"젊으니까 그런 거야, 나이가 들어서 기력이 빠지고 자연스레 내려놓게 되면, 그 신경질적인 기운조차 생기지 않을 때가 있어. 다 귀찮아지는 거지."

아! 그렇다. 역시 모든 문제의 해답은 나만의 답을 정의하는 것이니, 멋대로 내려보자. 아직 내가 젊어서 그런 거다! 좋게 생각하면 아직 젊어서, 하고 싶은 게 많아서, 잘 살고 싶어서, 마음속 꿈이 있어서, 욕심이 생기고 조급함도 생기며 압박감과 완벽주의도 생기는 거다. 그러니 조급해지고 신경질적으로 변해도 괜찮다는 마음을 당분간 가져야겠다고 생각하며 답을 내렸다. 나는 그저 **청춘인 것이라고**. 단, 타인에게 피해 주는 무례함은 늘 경계하자고.

물론 이 해결방안이 명쾌한 대답은 아닐지 모르겠다. 일체유심조라고, 뭐든지 마음이 만들어내는 법이라 그냥 생각하기 나름대로 내려버린 엉망인 대답일지도 모른다. 다만, 지금 살아가고 있는 우리는 모두 아직 과정에 있구나, 하는 생각이 들었다. 삶이라는 거대한 여정 속에, 신경질적이고 예민해지는 한 장면이 필요해서 존재한 것이라고, 모든 걸 내려놓고 여유롭게 웃는 미래의 나라는 장면을 위해서.

나 자신이 나대지 말자는 이야기를 하고 싶어 키보드에 손을 올렸는데, 결국 글이 산으로 간 것 같아 마음이 아리송하다. 근데 결국 같은 이야기다. 전혀 다른 것 같지만, 예민해지더라도, 설령 여유로워지더라도, 내 마음이 와리가리 할 때 너무 강하게 반응하지 말고, 나대지 말자고. 그저 있는 그대로, 나라는 사람의 이 상태를 받아들이려고 노력하다 보면, 언젠가 앞서 말한 웃는 장면에 이르지 않을까 하는 미래를 꿈꿔본다.

그러니 다시 한번,
'나 자신님, 그리고 내 마음님, 나대지 마셔요.'

Writer's Pick♪ Interwined - eloise

고개

남한테 고개 숙인다는 것은 자존심이 없는 게 아니에요.

누가 뭐라든 좋아하는 것을 위해 고개를 몇백 번, 몇천 번 숙이면 어때요.

멋있잖아요, 그런 자세.

중요한 건 자존심을 세우기 위해 고개를 세워야 한다는 생각 따위에 지고 싶지 않은 거예요, 저는.

Writer's Pick♪ I'm Beamin - Lupe Fiasco

남들이 그렇게 생각한다고 해서

너의 자존감이 실제로 떨어지는 것도 아닌데,

걍 네 멋대로 해.

어차피 너를 변화시키는 건 너고

나를 변화시키는 것도 나야.

다른 사람들이 아니라.

내 안엔 화가 살고 있어요

차분한 걸까, 차분한 척하며 사는 걸까. 인간은 사회적 동물이라
니까, 누군가와 어울리지 않으면 살아갈 수 없게끔, 설계되어 있다
니까. 늘 한결같은 온도를 유지하며 살려고 노력한 거겠지, 아마.
이걸 그럴듯한 단어로 폼나게 사용한다면 '평정심'이라고 쓴다지.
근데 사실 나는 그리 차분한 사람이 아닐지도 몰라. 내 안엔 화가
살고 있거든.

가끔, 나도 모르게 내 마음 깊은 곳, 바닥보다 더 바닥, 뿌리도 보
이지 않을 만큼 깊은 곳에서 화가 올라온단다. 그럼 어찌해야 할지
를 모르겠어. 차라리 외면이 어린아이라면, 한 만화의 장면처럼 바
닥을 뒹굴며 "단비 꺼야, 단비 꺼야."를 외치겠지만, 나는 그러기엔
너무 늙어버렸고, 나이가 들었고, 단 하루라도 면도하지 않으면 수
염이 올라오는 아저씨가 되어버린걸. 문제는 외관은 아저씨가 되
어버렸는데, 아직도 불만이 많아. 이런 걸 보면 사람의 마음은 아마
도 겉모습과 다른 속도를 지닌 것 같아. 이 정도 나이쯤 되면 해리
포터가 마치 마법 주문을 읊조리듯, 평정심이라는 스킬을 쉽게 다
룰 수 있을 줄 알았는데, 아직도 미숙한 걸 보면 말이야. 마음은 마
치 거북이 같아서, 빨리 달려나가는 외면의 토끼와는 다르게, 아직
나는 십 대에 머물러 있나 봐. 참 아이러니하지. 거북이가 화를 지
니고 있다니. 거북이는 화가 없을 것 같이 생겼잖아, 뭔가 인자한
할아버지 같기도 하고.

그래서 나는 자주 내 마음속으로 여행을 떠나. 화가 터지기 전에
미리미리 돌보러. 예방 점검만 잘해도, 사고가 일어나지 않는다지.
그러다 보면 별별 마음을 만나. 내 마음속의 이런 녀석이 살고 있다

고? 하는 나 자신을 인정하기 싫은 부분도 마주하곤 하지. 아, 역시 인간은 성악설이구나, 라는 기분이 들 정도로 악마와 닮은 녀석을 마주하기도 하고, 내 안의 이렇게 따뜻한 부분도 '다행히' 아직 남아있구나, 하며 마음을 안아보기도 하고.

이러저러한 마음들과 스치고 나면, 깊은 곳에 숨어 있는 '화'와 드디어 만나게 되지. 녀석과 만나고 나면 고민이 시작돼. '이 녀석은 어디서 갑자기 튀어나오나. 대체 마음 어느 곳에서 우주가 탄생하듯, 점으로 태어나 선이 연결되어 덩어리로 살아가나. 어떻게 하면 이 녀석을 없앨 수 있나.' 하고. 그래서 살아가는 내내 어떻게 이 자식을 처리할까(?) 하며 마음속으로 꾸준히 들어갔던 것 같아. 하지만 노력과는 무관하게 여러 해가 지나가도 그 녀석은 늘 존재했지. 물론 마음의 풍작이 잘 되는 날이면 어느 순간 사라진 듯했지만, 그것도 잠시, 시간이 지나면 마음의 바다 밑에 숨어서 기회를 엿보는 듯하다가, 튀어나오곤 했어. 그래서 20대의 짧다면 짧은, 긴다면 긴, 잠깐, 음, 이런 표현은 너무 상투적이야, 기준을 어디에 두어야 할지 모르니까. 아무튼, 20대의 시간 속에서 나는 계속 싸워왔지. 화를 죽이기 위해서. 잠재우기 위해서, 드러내지 않기 위해서.

그래서 더더욱 화와 반대의 색을 지닌 평정심과 차분함에 더 집착했던 것 같아. 반대되는 색을 지우려면 다른 한색을 더 진하게 칠해야 한다잖아. 하지만 아쉽게도, 시간이 지나고 보니 그게 지워진 건 아니었더라. 앞서 말했듯, 칠해진 채로 밑에 숨어 있더라고. 웃음이 나올 정도로 대단한 녀석이지. 이 정도쯤 되면, 적으로 느꼈어도 인정해야 하지. 그렇고말고.

30대가 됐어. 포기라는 단어를 쓰고 싶지는 않지만, 많은 걸 포기하게 됐지. 아, 아니야. 포기라는 단어는 쓰지 않을래. 그냥, 있는 그대로 내려놓고, 많은 것을 인정하고 바라보게 됐다고 말하고 싫어. 그러다 보니 '화'라는 녀석도 어쩌면 친구가 아니었을까, 하는 생각이 들더라. 내 안의 무수한 성질이 존재하듯, 그냥 화도 그중의 하나인 녀석이었다고. 생각보다 성격도 괜찮고 은근히 정도 있는 친구인데, 첫 단추를 잘못 끼워서 여태 이렇게 지낸 게 아닐까 싶더라고. 왜 그런 거 있잖아. 인간관계에서 첫인상이 중요하다 하지만, 생각보다 첫인상은 날카롭고 별로였는데, 의외로 진국인 사람들 있잖아. 화는 어쩌면 그런 사람이 아닐까 싶어. 화가 가지고 있는 성질 자체가 잘못된 게 아니라 내가 어떻게 대하느냐에 따라 전혀 다르게 보일 수 있는 것이 아니었을까. 그냥 '나'라는 사람 속에 화가 존재하고, 나도 화를 낼 수 있는 사람이라고 인정하고 사면 되는데, 그게 참 힘들었던 것 같아. 왜, 우리는 어렸을 때부터 배우잖아. 화는 내면 안 되고, 절제해야 하고, 참는 게 이기는 거고, 그게 좋은 사람이고, 성숙한 사람이 되는 거라고. 물론 맞는 말이지. 하지만 그 이전에 정말 중요한 건, 내 안의 무수한 성질들, 사람마다 다른, 흔하지 않고 귀한 각자만의 성질을 있는 그대로 인정하고 안고 살아가는 게 더 중요한 것이 아닐까, 싶어. 어차피 없애기도 힘든 거 수도승처럼 없애려 하지 말고 그냥 안고 포용하고 어울리고 사는 거지. 우리는 안드로이드나 로봇이 아니잖아. (미래에는 내 몸에 로봇이 이식될지도 모르지만, 크, 멋지군) 어디까지나 **살아있는** 인간이지.

하루가 저무는 늦은 저녁, 무심코 뉴스를 보고 있어. 세상이 미친 건지, 아니면 원래부터 미친 세상인데, 이제야 수면 위로 드러나서 실체가 공유되는 것인지 모르겠지만 안 좋은 뉴스로 그득해. 마음이 분개할 정도로 화가 나는 뉴스들이 덕지덕지 화면에 들러붙어 세상에 퍼지고 있어. 바로, 이 순간! 화가 작동할 시간이지. 마치 세상의 화를 그려내는 화가처럼 욱하는 생각들이 튀어나와. 물론 화만 등장하면 안 되지. 그 화를 상쇄시킬 차분함도 튀어나와서 둘이 토론을 시작해. 그렇다면, 나는 이 화나는 사건이 뒤룩뒤룩 덩어리를 키워가는 이 세상 속에서, 어떻게 살아갈 것인가. 무엇을 어떻게, 왜 하며, 어떤 기록을 우주에 남기며 내 소중한 이들을 지키고, 더해서 많은 사람에게 좋은 영향을 끼치며 살아갈 수 있을까, 하는 무수한 생각들이 어느새 내 머리 위를 맴돌고 있지. 그 맴도는 생각들을 나는 입으로 꺼내지 않고, 메모장을 꺼내 무질서하게 기록해. 아마 이러한 것들이 내가 글을 쓰는 재료가 되고, 살아가는데 재료가 되겠지. 그것이 어떤 가치를 지닐지는 내가 평가할 수는 없겠지만 말이야.

음, 당분간은 '화'에게 계속 세 한 칸을 줄 생각이야. 그게 어떻게 흘러갈지는 모르겠지만, 다른 성질에 피해만 주지 않으면 되겠지, 뭐. 슬슬 졸림이 튀어나오고 있네. 자야 한다고, 계속 구시렁대며 졸림이 혼잣말을 하고 있어. 그래, 알았어. 이만 잠자리에 들어갈게. 아무튼, 내 안엔 화가 살고 있어……. 화가 살고……. 화가, zzZ

Writer's Pick♪ No Matter What - Master Class

아무것도 안 해도 되지 않을까?

 아무것도 안 해도 되지 않을까, 하면서도 자기계발 아니, 그런 거창한 단어까지는 아니더라도, 삶에 도움이 되는 무언가를 해야만 한다는 압박감에 늘 허덕인다. 한참 쓸데없는 걱정을 대출해서 쓰다가 병실의 쓸쓸한 기운에 눌린 눈꺼풀을 잠시 내려놓는다.

 운이 나쁜 건지, 아니면 다행인지, 10년 동안 교통사고가 4번이나 났다. 게다가 매번 피해자로. 어떻게 보면 재수 옴 붙은 거라고, 살면서 그런 일은 일어나지 않는 것이 다행이라고 생각할 수도 있겠지만 4번이나 사고가 났는데도 불구하고 아주 크게 다치지 않은 것을 보면 그것도 그것 나름대로 다행이라는 생각이 든다. 4번의 사고 모두 각각의 상황은 달랐지만, 사고 이후 든 생각은 비슷했다. '아, 인생 역시 한 번이구나. 재수 없었으면 삼도천물을 적신 손으로 염라대왕이랑 하이파이브하고 있겠구나' 하고. 그래서 매번 다짐했다. 너무 조급하게 살지 말고, 스스로 충분히 휴식을 주자고. 오롯이 '지금'을 느끼며, 내가 원하는 행복을 좇으며 살자고. 물론 아쉽게도 언제 다짐했냐는 듯, 살다 보면 다시 조급해지긴 했지만.

 특히 최근에 교통사고가 일어났을 때, 다른 사고 때 했었던 다짐이 더 크게 떠올랐다. 나이는 들어가고, 해놓은 건 없는 것 같고, 뭔가 압박감과 조급함에 여러 가지 일을 진행하고 있을 때, 마침 사고가 났으니. 멍을 때리며 병실에서 누워있었는데 만약 내가 끽, 했다면 평소에 느꼈던 조급함과 압박감, 그리고 벌여 놓은 일들이 무슨 의미가 있나, 싶었다. 하지만 그렇게 다짐하는 와중에도 병실에 입원해 있는 기간 동안 어떻게 하루하루를 보내면 효율적으로 시간을 쓸 수 있는지 계산하고 있는 나를 발견했다. 치료에만 전념해도 되는데도 불구하고, 머릿속에 생각이 많으니 치료시간 외에 무얼 해야 퇴원 후 도움이 될지, 현 상황에서 하던 일에 도움 될 수 있는 것이 무엇일지 계산하고 있던 것.

이 계산들을 스스로 알아차리자마자 현타가 세게 왔다. 그럴듯했던 다짐과 생각들을 전혀 삶에 적용하지 못하면서 그럴듯한 글을 쓰고 말을 하는 것이 대체 무슨 의미가 있는 건가 싶었다. 그리고 한마디 말을 웅얼거렸다.

"아무것도 안 해도 되지 않을까."

그때부터 아무것도 하지 않는 시간을 보내려고 행동했다. (이걸 행동이라고 해야 하나, 가만히 있으려는 의지라고 해야 하나?) 하지만 그 행동들은 내 생각보다, **내게는** 어려웠다. 아마 누군가는 이렇게 물을지도 모르겠다. "아니, 무언가를 하라고 종용하는 것도 아니고 그저 아무것도 하지 않고 그냥 쉬라는 게, 그게 그렇게 어려우면 어떡해?"

뭐, 맞는 말이다. 근데 진짜 어려운 걸 어떡하란 말인가. 어쩌면 이런 아무것도 하지 않으면 답답해하는 성격으로 인해서 글을 쓰게 된 건지도 모르겠지만, 언젠가부터 아무것도 하지 않는 것, 그 자체가 너무나도 힘든 사람이 되어버렸다. 사실 좋게 생각하면 이 기질의 사람은 나름대로 분명 장점이 존재한다. 끊임없이 자기계발을 하려 하고, 새로운 것을 도전하고 움직이려 하고, 이러한 원인으로 인하여 좋고 나쁨을 떠나, 어찌 됐든 많은 결과와 경험을 얻게 되니까. 하지만 장점이 있으면 단점 또한 당연히 존재하지 않겠는가. 이러한 완벽주의와 끊임없이 움직이려고 하는 기질의 단점은 노력과 관련된 다른 글에서 이미 언급한 적이 있다. 노력과 열정 그 자체에 집착하게 된다는 것. 하지만 이 글에서 이 이야기는 다루지 않고 싶다. 대신 또 다른 단점을 이야기하고 싶은데, 정말로 '방전'이 되기 쉽다는 것이다.

한 예능 프로에서 소설가 김영하 작가님이 말씀하신 적이 있다. 하루의 시간 대부분을 누워서 보낸다고. 사람의 움직임은 한정되어 있으므로, 다른 해야 할 일을 생각하면 충분히 에너지를 보유한 채로 있어야 한다고. 그 이야기를 들으며 퍽 공감했는데, 그것을 넘어서서 하루하루 시간이 지날수록, 어느 정도 나이가 되고 나면 가지고 있는 에너지 자체의 총량이 줄어드는 게 아닌가 하는 생각이 들었다.

그래서일까. ─분명 아직 어린 나이이긴 하지만─ 에너지의 총량이 점점 줄어들고 있다는 생각이 들며 갑자기 번아웃 증상을 겪곤 했다. 사실 정말로 바쁜 직장 생활을 하면서 열심히 일하시는 분들이 겪어야 할 증상인데, 왜 내가 이런 증상을 겪나 싶기도 했지만, 사람마다 가지고 있는 에너지의 총량은 또 다를 테니, 그러려니 했다. 그래서 이번 사고를 계기로 정말 아무것도 하지 않기로 하는, 가만히 있는 것 그 자체를 노력하고 있는데 잘되지 않았다. 아니, 어쩌면 그 노력 자체도 무언가를 하려고 하는 게 아닐까, 하는 생각이 자꾸만 들었다.

젠장, 노력으로 되지 않으면 뭘 어떻게 해야 하지, 하는 고민 속에서 한참을 헤매다가 생각의 끝에 도달했다. 그래, 환경을 바꾸면 된다. 환경을 철저하게 바꾸면 "뭐야, 내가 저런 걸 어떻게 해!" 하는 익숙지 않은 것들도 끝내 적응하고 하게 되는 것이 인간이 아니던가.

첫째로, 입원 기간, 폰의 알림 기능 자체를 오프했다. 그리고 비행기 모드 혹은 꺼두는 시간을 늘렸다.

두 번째로, 무언가를 시청하려고 하거나, 음악을 들으려고 하지 않았다. 단, 아무것도 하지 않고 있는 순간에, 정말 그것이 격하게 땡기는 순간에는 하기로 정했다.

셋째로, 평상시에 만들어 놓은 규칙적인 행동이나 제약들을 무시하고 대부분 시간을 누워 보내기로 했다. 단, 누워있는 것조차도 하고 싶지 않을 때, 그 순간 하고 싶은 것을 '그냥' 하기로 했다. 정말로 그냥.

이러다 보니 하루의 일과는 정말 심할 정도로 무질서도가 강하게 증가했지만, 아이러니하게 에너지가 소모되는 느낌이 들지 않았다. (난 이과가 아니니 엔트로피에 관한 이야기는 패스)

「병원의 치료 일정에 맞춰 아침 기상을 한다. 약을 먹고 치료를 받는다. 식사가 나올 때 식사를 한다. (물론 병원 일정은 혼자 정할 수 있는 게 아니니까, 묵묵히 따랐다) 병원 일정이 끝나고 나만의 시간이 남았을 때 대부분 시간을 누워서 보낸다. 무슨 생각이 떠오르면 그냥 떠오르는 대로 내버려 둔다. 평상시 같았으면 그 생각들이 좋은지, 좋지 않은지 판단하고 좋지 않으면 명상이라도 했겠지만, 말 그대로 그냥 내버려 둔다. 누워있으면 별별 생각들이 떠오르지만, 굳이 그것에 반응하지 않는다. 다만, 정말 무언가를 하고 싶을 때, 몰입할 수 있는 무언가가 온 피부에 느껴질 때, 행동으로 옮긴다. 누워있다가 TV를 보고 싶으면 TV를 보고, 영화를 보고 싶으면 영화를 보고, 음악을 보고 싶으면 음악을 듣고, 책을 읽고 싶으면 책을 읽는다.」

병원에서의 일과를 드러낸 앞 문단은 누군가에게는 굉장히 당연한 문장들의 나열일지도 모르겠다. 하지만 앞서 말했듯, 나에게는 당연한 일상이 아니었기에 기분이 이상했다. 나는 내게 정말 필요하다고 느끼는 행동들이 아니면 분명 일상의 저러한 시간조차 몰입하지 못하고, 아마 필요성을 운운하며 해야 할 것에 관한 생각을 떠올리기에 바빴을 테니까.

퇴원했다. 이번 여름은 엄청 더웠다는데, 가장 더운 여름의 시간을 병실 안에서 보내서인지, 걸어서 집으로 가는 내내 처음 느낀 듯한 여름의 기운이 온몸을 휘감았다. 익숙하지 않아 더우면서도 따뜻한 기운을 온몸에 가득 실은 채로 내 방에 들어섰다. 아침에 일어나서부터 무언가를 해야 하지? 하고, 오늘 해야 할 것에 압박감을 느끼던 과거의 내 생각이 방 곳곳에 묻어있는 것이 느껴졌다. 바닥에 누웠다. 그 생각들을 외면한 채로. 침대에 눕기보다는 그저 바닥에 눕고 싶었다. 여름과 어울리는 바닥의 느낌은 분명 끈적거리며, 쩍쩍 갈라지는 바닥의 느낌일 텐데, 바닥이 이상하리만큼 차갑게 느껴졌다. 그 차가움에 괜스레 멋쩍은 미소를 짓는다. 왜인지는 모르겠지만 기분이 좋다. 내 삶이 온 피부에 흡수되어 움직인다는 느낌과 함께 혼잣말을 옹알거렸다.

"아무것도 안 해도 충분한데?"

Writer's Pick♪ Nothing - Bruno Major

당신은 '   '을 좋아하세요?

대화에 관한 이야기를 꺼낸다면, '리처드 링클레이터' 감독의 영화를 꺼내지 않을 수가 없다. 그의 작품 중 '스쿨 오브 락'처럼 유쾌한 영화를 보면 그가 연출 그 자체를 잘한다는 것을 알 수 있지만, 영화 '비포 시리즈'와 '보이 후드'의 대화 장면들을 빼놓고는 그의 영화를 논하기 힘든 것 또한 사실이리라. 워낙 유명한 영화들이니 영화의 줄거리와 연출에 관해서는 사뿐히 넘어가고, 나는 이 영화에서 주된 서사 방식으로 선택된 '대화'라는 소재만 슬쩍 꺼내와서 이야기하고 싶다. 그만큼 나는 링클레이터 감독이 연출하는, 한정된 시간 속에서 흐르는 '대화'를 아주 좋아한다. 만약 이 대화의 방식을 우리의 삶에 적용하면 어떨까. 과연 우리는 한정된 시간 속에서 오고 가는 '대화'를 잘하고 있을까.

묻고 싶다.

누군가와 관계를 만들어나갈 때, 상대를 재지 않고 오롯이 순수하게, 마치 유치원의 놀이터에서 끊임없이 이야기하는 어린아이들처럼 '서로'를 궁금해하는 대화를 하고 있는지. 친구 관계든, 이성 관계든, 아마도 그건 참 쉽지 않을 거다. 압박감과 조급함에 허덕이는 현대사회 속, 과정보다는 이득이 전부인 결과만을 중요하게 여기는 시간 속, 우리는 누군가와 관계를 처음 맺을 때조차도 끊임없이 무게를 재는 저울이 되어버리고 만다. 외모, 학벌, 경제력, 학연, 지연, 혈연 등등, 아마 세부적으로 들어가면 더 많이 나오겠지. 물론 사람과의 관계 속에서 재는 것이 그리 나쁜 일만은 아니다.

만약 평생을 함께하는 관계라면 어느 정도 재는 것이 어쩌면 당연하고도 순수한 '욕구'일지도 모르겠다. 다만, 그 선상 위에 '올바른 대화'가 선행되어야 한다는 것은 정말 중요하다.

나는 지난 30년 넘는 시간 동안, 한국 사회에서 남자로 태어나 살아왔다. 당연히 남자인 친구들과 많은 인연을 맺고 대화의 시간이 오고 갔을 것이다. 하지만 아쉽게도 (남성 자체를 비하하는 말은 절대 아니다. 그저 내가 놓인 상황이 그러했다) 그 관계들에서 건강한 대화가 형성되는 경우를 본 것이 많지 않다. 학교, 군대, 사회 속 남자인 친구들과의 관계는 대화보다는 암묵적인 행동들이 우선이 되는 경우가 많았고, 상대의 취향이나 문화에 관한 대화보다는 함께 즐기는 취미를 얼마만큼 공유하느냐가 더 우선순위 되었던 듯하다. (운동과 게임이라든가, 술자리라든가) 게다가 그중에서는 친구들보다 자신이 뛰어남을 증명해야만 마음이 편한 몇몇 친구들도 더러 있었다. 그들과 함께 취미 활동을 할 때면, 그 자체를 즐기는 것이 아니라 경쟁하고 누르는 방식으로 자신의 강함을 증명하려 했는데, 그 때문인지 마음이 지친 적도 많다. 특히 그런 친구들에게 문화와 취향에 관한 진지한 대화를 내가 시도할 때마다, 가장 많이 들었던 문장은 "남자 새끼가 뭘 그런 걸 이야기하냐."라는 식의 비아냥거리는 문장들이었다. (슬프게도 저 문장은 굉장히 순화된 문장인데, 군 생활 선임 중에 저런 이야기를 하는 사람을 가장 많이 보았다.)

그러한, 건강하지 않은 대화의 시간 속에서 20대의 초중반을 보낸 나는 어느새 대화를 조심하는 사람이 되고 말았다. 그리고 나와 맞지 않던 부류의 사람들과는 자연스레 거리를 두고 멀어졌다. 아마 지치고 지쳐서, 나도 모르게 정리가 된 듯하다. 다행히 지금은 차 한잔 마시면서 오롯이 '서로'에 관한 이야기에만 집중할 수 있는 친구들만 주변에 남게 되었다.

　이성 관계에서 대화는 어땠을까.

　물론 내가 사랑했었던 사람들은 내게 좋은 추억을 남겨 준 사람들이었다고 생각한다. 다만 나는 우리의 관계 속에서 정말 좋은 '대화'를 했는지 이제 와 생각해보면 잘 모르겠다. 이성 관계에서 오고 가는 감정의 흐름이 중요한 만큼, 서로의 삶을 공유하며 이루어지는 대화야말로 사랑의 뿌리일 텐데, 내가 제대로 뿌리 내렸었는지 나도 나를 모르니, 그저 반성할 따름이다. 사람의 삶이라는 짧은 시간 속에서 단순히 외로움을 덜어내고 유대를 만들기 위해 '시간'을 보낸 건지, 서로를 향한 '대화'를 통해 추억을 쌓은 건지. 이것 참.

　'대화'에 관하여 여기까지 생각이 닿으니, 과연 무수한 사람들이 보통의 대화 속에서 어떤 이야기를 주고받는지 생각하게 된다. 내가 살아오면서 지켜본 많은 대화 소재의 중심은 아쉽게도 '서로'가 아니라 '누군가'였다. 서로를 향한 궁금증을 통해 대화하기보다는 누군가 혹은 가십을 통한 대화가 오가며 친밀감과 유대감을 쌓는다. 금방 허물어져 버릴 벽 같은 흐물거리는 대화를 하면서. 분명 그 친밀감과 유대감은 분명 오래가지 못함을 알면서도 무수한 사람은 그런 대화를 통해 서로 관계를 맺으며 살아간다. 오랜 기간, 여러 사람의 대화를 관찰하며 내가 이렇게 느낀 걸 보면, 어쩌면 나도 그렇게 대화해 온 것이 아닌가 하는 무서운 반성도 든다. 과연 나는 진정 '서로'를 향한 대화를 하려 했을까. 링클레이터 감독의 영화들에 등장하는 캐릭터들처럼, 서로의 취향과 세상에 대한 가치관에 호기심을 느끼며, 액션! 리액션! 하면서 살아왔을까? 진정 나는?

(이제라도) 건강한 대화를 꿈꾸며 살겠다. 마치 기차역의 플랫폼에서 처음 만난 여행자들처럼 대화했다던 사르트르와 사강처럼. 한정된 삶의 시간이 마치 영원한 듯, 서로에 대한, 서로를 위한 대화만 그득히 실존하게.
편 가르기와 혐오가 만연해진 세상이라 한들, 서로 생각과 취향이 달라도, 이념과 가치관이 조금은 달라도, 그것은 그것대로, 다들 잘 살고 싶어서 그런 것이라고, 포용하며 대화하고 쌓아가는, 그 모든 시간과 대화가 서로 영속하는 관계들을 늘리며 살아가는 것. '누군가'에 대해 이야기하기보다 '당신'에 관해 묻는 습관을 내 삶에 물들이는 것. 어쩌면 이것들이 관계에서 행복을 만드는 습관일 듯하다. 그러니 나는 앞으로도 물으며 살겠다, 낮은 곳에서 위를 올려보며 고요하고 따듯하게,

"당신은 '   '을 좋아하세요?"

Writer's Pick♪ Wondering - Ballad

벌어진 살갗에 소금을 붓듯

벌어진 살갗에 소금을 붓듯 무언가를 하고 싶다.

아, 여기서부터 말하면 마치 내가 '양들의 침묵' 속 살인마 한니발 같을지도 모른다. 하지만 소시오패스는 능력에 관한 부분만큼은 천재들이 많다던데, 나는 그와는 거리가 멀다. 그저 나는 나의 모든 온 신경을, 제대로 '집중'할 수 있는 무언가를 찾고 싶다. 그러한 나는 나 자신을 내 속으로부터 한 마리 더 뽑아 내팽개친 후, 마주 본다.

지금과 흡수하는 에너지의 질감이 다른, 세상의 보이는 모든 것들이 신기해서 혹은 처음이라 보이는 것들에 대한 모든 느낌을 피부로, 온 살갗으로 흡수하던 10대 시절과 20대 시절을 지나, 모든 것에 그러려니 하며 반응하는 지금의 내가 나 앞에 쓰러진 채 나체로 누워있다. 슬프게도 이제는 세상 대부분 것들이 익숙해진 듯한데, 이러한 나 자신의 모습은 쉽게 익숙해지지 않는다.

나는 나 자신에게 묻는다. 요즘은 어떤 것이 즐거운지, 자신이 진정으로 '집중'하며 사는 것이 무엇인지, 자신이 살아있음을 제대로 느끼게 하는, 마치 영화 '파이트 클럽'에서 산성이 들어간 화학 용액을 손에 부으며 살아있음을 자각하는 캐릭터들처럼, 상처에 빨간 약을 바르는듯한, 혹은 벌어진 살갗에 소금을 부은 것처럼, 자신의 모든 오감을 철저히 느끼게 하는 무언가를 찾았냐고 묻는다.

다른 나는 한동안 고요에 녹아 흐물거리다 끝내 답한다.

"몰라, 그딴 거, 근데 중요한 건, 지금 네가 **나한테** 집중하고 있다는 사실 아니야? 그 정도의 '집중'이면, 그 정도의 에너지면 벌어진 살갗에 소금을 붓는 정도의 느낌 아닌가?"

나는 답한다.

"아니야, 내가 원하는 건 결코, 이 정도의 '집중'이 아니야. 나 자신과 확연하게 **구분되는** 무언가, 굳이 나를 구분시키지 않아도 느낄 수 있는, 어떠한 무언가에 몰입해 있는 나 자체를 내가 원치 않아도 제3의 눈으로 볼 수 있게 되는 그런 느낌. 내가 원하는 느낌이 무엇인지는 너도 알면서 그래?"

다른 나는 다시 답한다.

"잘 알지, 그런 느낌. 너는, 아니 우리는 **그런 느낌을 느끼기 위해** 살아왔으니까. 하지만 이제 그런 거 따위는 중요하게 여기지 않는 세대에 우리가 던져졌다는 사실을 인정해야 할 때가 되지 않았어? 뭐, 좋은 인간관계나 아예 배우지 않은 새로운 무언가로 무언가를 찾을 수는 있겠지. 하지만 설령 그런 운 좋은 일이 일어난다고 해도, 네가 우연히 받았던 혹은 운이 좋아 느꼈던 그 느낌은 살면서 다시 얻기는 힘들 거야."

나는 다시 답한다.

"아냐. 나는 아직도 찾고 있어. 우연인지 필연인지 모르겠지만 내가 받은 그 느낌을 결코 잊지 못해. 나도 모르는 내 안의 무언가가 움직여, 그것을 통해 하루하루 시간이 흐르고 나 스스로가 움직이는 느낌을 받는 매 순간. 무언가에 너무 몰입해서 온 피부의 털이 곤두서고 자신이 그것을 하는지조차 잊은 느낌을 받는 매분 매초의 시간, 진정 살아있다는 느낌에 너무 쓰라리고 쓰라려 온 세포가 서걱거리는 느낌. 그건 분명 실재하는 경험이었으니까. 나는 다시 한번 꼭, 그런 느낌을 받고 싶다고."

다른 나는 말이 없다. 한동안 말이 없다가 이내, 내 몸속으로 다시 스르르 들어온다. 대화할 상대가 없어진 나는 멍하니 내가 누워 있던 자리를 응시한다. 그리고 그 자리에 몸을 뉘어 눈을 감는다. 시간이 흐른다. 얼마나 시간이 흐른 걸까. 억겁일지, 0.1초일지 가늠되질 않는다.

한참인지 찰나인지의 시간 후, 아주 멀리서 혹은 아주 가까이서, 측정할 수 없는 어떤 무한한 공허에서 메아리가 울려 퍼진다.

"네 안에 있어, 아직. 다물지, 여물지 못한, 네 살갗 속에 녹지 않고 그대로."

나는 어떻게 답해야 할지, 한참을 고민하다 이내 굳어버린 소금을 찾아 길을 나선다.

Writer's Pick♪ A Flower Is Not A Flower (inst.) - Ryuichi Sakamoto

왜 글을 쓰시나요?

원하든, 원치 않든, 살면서 꾸준히 받게 되는 몇몇 질문을 누구나 하나쯤은 달고 산다. 나의 경우에는 책을 내고 글을 꾸준히 쓰게 되면서 받았던 많은 질문이 있는데, 그 질문의 대부분은 늘 비슷한 형태로 끊임없이 반복된다. 대부분 사람이 궁금하게 여기는 것들이 비슷해서 그런 걸까. 그 반복의 나선은 내가 원치 않든, 원하든, 언제든 자유롭게 내 일상에서 혹 다가와 꼬이기 때문에 이제는 능숙하게 받을 줄 알게 되었다. 그중에서도 "왜 글을 쓰시나요?"라는 질문은 정말 신선하지 않은, 반복되는 질문 중 하나. 하지만 신기하게도 매번 답변을 다르게 던졌던 것 같다. 사실, 이 정도쯤 질문을 받으면 고정된 답변 하나쯤 정해놓을 법도 한데, 분명 나의 귀차니즘과 즉흥성에 의한 하나의 습관 혹은 작품쯤으로 생각하면 정말 감사할 듯하다.

자, 그동안 지겹게 미뤄왔으니 이제는 슬슬 정해볼까나. 정한다기보단 내 안의 숨겨왔던 (갑자기 '클래지콰이 – She is'라는 곡이 왜 떠오르는 것인지?) 것들을 정리해서 꺼내 보려 한다.

처음 글을 쓰기 시작한 건 그저 하나의 습관 혹은 분출에 가까웠던 것 같다. 그 습관이 분출된 물줄기가 흐르고 흘러 지금의 삶까지 온 것 같은데, 좋은 대답을 정의하고 싶은 욕심에 그 흐름의 줄기를 따라 올라가 보려 한다.

쓰고 싶든, 쓰고 싶지 않든, 정규 교육과정을 받는 대한민국의 모든 초등학생이라면 '일기 쓰기'라는 과업(?!)을 받게 된다. 아, 이건 정말 만만치가 않다. 왜냐. 굉장히 귀찮기 때문이다. 물론 초등학생이든 어른이든 비슷한 것 같아도, 세세한 부분을 살펴보면 하루의 일상은 날마다 다르다. 하지만 '일기 쓰기'라는 과업은 원체 자유롭게 쓰는 기록이라기보다는 선생님께 '참, 잘했어요.'라는 도장을 받기 위해서 쓰는, 어쩔 수 없는 숙제 같은 느낌을 지울 수가 없다. 그래서 어린 시절의 영악했던 나는 선생님께 제출하는 숙제용 일기를 패턴으로 만들어서 제출하고 (실제로 선생님들께서 그 부분을 캐치 못 하시는 것을 보고 깨달았다. 선생님들에게도 하나의 업무였음을….) 아무에게도 보여주지 않는 나만의 비밀 일기장을 만들었다. 그렇게 나는 비밀일기를 쓰는 습관을 얻게 되었고 '글쓰기'라는 행위에 있어 자연스레 연습시간을 만들었다. 아무에게도 말하지 못하는 비밀을 쓰기도 하고, 누구에게도 말하지 못하는 상상이나 공상의 세계를 적으면서 글을 쓴다는 것에 재미를 익혔달까. 특히 어린 시절부터, 책을 좋아하시던 어머니 덕에 얻은 독서 습관을 통해 매일 책을 읽었는데, 그 책에 대한 후기를 나만의 솔직함으로 비밀 일기장에 써 내려갔다. 아, 특히 내가 읽었던 책의 작가들에 대해서 욕도 많이 썼던 것 같다. 아마, 그 시절의 나는 뭐랄까, 거의 노벨 문학상 심사위원이었다. 가차 없이 거장들을 까 내렸달까. 지금의 내가 보면 가당치도 않은 일이지만, 정말 진정한 의미로 어린 시절의 객기가 아니었을까, 한다.

아마 이 지점이 내가 글을 쓰는 이유가 시작된 점이라고 생각한다. 물론 이것은 하나의 시작점일 뿐이므로 살면서 글을 쓰는 이유는 내내 미세하게 변해왔다. 복잡한 정신세계가 머릿속을 지배하던 10대 시절에는 남몰래 싸이월드 일기장에 세상을 향한 반항심으로 오글거리는 글을 적어 내렸고, 생애 첫 연애하게 되었을 때는 사랑을 표현하기 위해 사랑 글을 연애편지에 참 많이 썼던 것 같다. 특히 여자친구를 위한 시를 편지 마지막 장에 늘 쓰곤 했는데, 어느 순간부터는 시집에 나온 시가 아닌 내가 직접 시를 쓰게 되면서, 시를 쓰는 재미를 알게 되었다. 아마 '시'에 국한해서 본다면 그 시점이 내가 시 쓰는 것을 사랑하게 된 계기겠지. 물론 지금은 그 편지들을 찾고 싶어도 찾을 수 없지만, 그래도 사람의 마음을 짧고 진하게 압축해 표현하는 것이 '시'라는 것을, 몸소 체험을 통해 알게 되었다. 그 시절, 취미로 시를 쓰는 습관 덕에 첫 책을 빼곡하게 채울 수 있었으니, 사랑이라는 이유로 글을 쓰던 과거의 내게 참 고마울 따름이다.

아무튼! 이런 작고 작은 물줄기들이 흐르고 흘러 지금의 내가 글을 쓰는 이유에 영향들을 세세하게 끼쳐 왔다. 이렇게 말하면 누군가는 또 묻겠지. "아니, 그래서 지금 글을 왜 쓰시는 건데요?"

음. 몇 초만 다시 생각해보겠다.

음. 음. 음.

아무리 생각해도 지금 당장은 역시 이 답인 것 같다. 글을 쓰는 행위는, 아니 글을 쓴다는 행위에 진정으로 자신을 태우는 것은 **겁나 섹시하고 멋진 일**이다. 물론 세상의 멋진 일들은 너무나 많고 수두룩하지만, 내게 있어 나 자신을 솔직하게 글로 담아, 진정 솔직해지거나 때로는 포장하거나 하는 줄다리기를 하면서 표현하는 행위, 이 자체가 엄청 멋지고 겁나 섹시한 일이라, 너무 선명하게 머릿속에서 떠오른다. 분명 내가 이렇게 답하면 그런 저급한 이유로 글을 쓰는 사람이 과연 작가라고 불릴 만한 자격이 있나? 하고 누군가 반박할지 모르겠지만, 'So what?' 글쎄, 일단 지금 당장 명확하게 떠오른 분명한 답은 이 이유다. 분명히 잘 포장해서 이 답 말고도 다른 이유를 댈 수도 있다. 세상을 따뜻하게 하고 싶은 것, 나라는 사람이 따뜻한 사람임을 내보이고 싶어서 그런 것, 읽어주시는 독자분들과의 소통을 위한 것 등등. 여러 가지가 있겠지. 물론 이 여러 가지도 내게 있어 사실은 사실이고. 하지만 앞선 이유는 글을 쓰는 이유라기보다는 **내가 책을 내야만** 하는 이유에 더 가깝지 않을까.

'글을 쓰는 행위'는 누구나 할 수 있다. 너무나 손쉽게. 컴퓨터 메모장을 열어서 마구 휘갈길 수도 있고, SNS나 글쓰기 플랫폼을 통해서 기록할 수도 있다. 그래서 누군가에게 보여주기 위해서 쓰지 않는, 자기 자신을 성찰하기 위한 도구로써 글을 쓰는 사람도 적지 않다. 그리고 나는 그렇게 글을 쓰는 사람들도 매우 멋진 작가라고 생각한다. 하지만 유명하든, 유명하지 않든, 어찌 됐든 첫 책을 출간하고 소중한 노동의 대가를 지급하여 책을 구매해준 독자가 단 한 명이라도 존재하는 나로서는 글을 쓰는 이유에 대해서만큼은 민감하고 진지해질 수밖에 없다. 하지만 그럼에도 불구하고, 나는 지금, 이 순간, 글을 쓰는 이유에서만큼은 다시 한번 솔직하게 답하련다.

'멋지고, 섹시해서.'

다만 늘 그랬듯, 앞으로 살면서 글을 쓰는 이유가 변할지도 모르겠다. 나라는 사람을 나조차도 때때로 모르겠으니까. 하지만 앞서 말한 책을 내는 이유만큼은 변치 않았으면 좋겠다. 그 이유만큼은 나에게 너무나도 소중하니까. 내가 너무나 멋지고 섹시하다고 생각하는 글쓰기라는 행위의 연장선인 책이라는 공간을 통해, 사람과 사람이 서로 소통하고, 때로는 기대어 힘이 되어 주고, 사람이라는 발음이 맞물려 삶이 완성되는 듯한 느낌을 줄 때, 역시나 글을 쓰는 것은 멋진 일이고 책을 내는 것은 따뜻한 행위라는 것이 **확실된다**.

아, 추가로 떠오른 생각인데, 여태 매번 다른 답변이 떠올랐다면 저 질문도 매번 새로 태어나는 것이 아니었을까 한다. 같은 문장과 부호를 지닌 똑같은 형태의 문장이라도, 다른 이의 입을 통해, 이 부족한 나를 궁금해 해주시는 각자의 다른 마음을 통해 태어난 것이었다면, 분명 신선한 것이 아니었을까.

인정하겠다. 건방지고 오만한 나의 잘못된 생각이었음을. 그러니 언제든 질문해달라. 내가 왜 글을 쓰는지를, 왜 이 행위를 기어코 이어가고 있는지를. 궁금해해 주시는 만큼 대놓고 진지한 관종이 되겠다. 다만 매번 솔직하고, 처절하게 답해드림을 약속한다. 내가 쓰는 글이, 나라는 사람이 더 멋지고 섹시해질 수 있게.

Writer's Pick♪ The Sweetest Love - Robin Thicke

> ## "불안은 자유의
> ## 현기증이다."
>
> *- Søren Aabye Kierkegaard*

———

너무나도 멋진 말이다.

때때로 위로가 되고 내게 힘이 되어줬던 삶의 지침 같은 말.

물론 자주 불안한 덕에 현기증을 삶에 동반하는 나이지만

그만큼 나 자신을 관통하는 문장이 아닐까, 한다.

근데 지금 이 책의 문을 닫기에 앞서서

겁나 불안한데 이 말도 위로가 되질 않는다.

여기까지 읽어준 누군가가 내릴 좋고 나쁨의 평 때문이 아니다.

그냥 솔직하게 의구심이 든다.

나는

제대로 토해냈나.

솔직했나

적나라했나

처절했나

엄청 헷갈리는 거지.

제목대로

즐거워 보여도 슬픔을 삼키는 사람처럼 보였나?

내 진짜 모습이 이게 맞나?

어쩌면 제목을 위한, 필요한, 문장이 아니었나.

아, 지금이라도 제목 바꿀까.

이럴 줄 알았으면 더 처절하게 쓸 걸 그랬다.

나도 나를 모르는데 누가 나를 알겠냐마는

그래도 더 미친 듯이 드러내면 좋을 텐데

차라리 내내 취한 채로 살았으면 좋겠는데

그러지 못하는 내가

좋은 글을 쓴다는 것은

역시나 만만치 않은 일임을

다시금 깨닫는다.

그래도 고맙다.

나는 정말로, 당신에게.

여기까지 읽어주심을.

때로는

겁나 지루해서

덮고 싶기도 하고

이거 의리상 사서 펴긴 했는데

끝까지 읽어야 하나, 라는 생각도 드셨을 거다.

아, 어쩌면 그게 아니라
처음부터 이 마지막 장을 편 다음
읽은 거로 치고 계실지도 모르겠다.
하지만 그러하든, 그러하지 않든
너무나도 감사한 건 사실이다.

내가 언제까지 이 우주에서
사람으로 살아있을지는 나조차도 모르겠지만
이 책은 나라는 사람을 떠난 글이
새로운 형태의 생명으로 태어난 것이다.

1권의 책도 100명의 독자가 읽어준다면
100개의 답과 형태로 새로 태어나듯
당신이 펴준 이 책은
오롯이 독자인 당신께서 완성 해주신 것.

그러니 감사하다는 말과
내 사랑을 당신께 표하고 싶다.

이 책을 덮는 순간
즐거움도, 슬픔도 아닌
따뜻함의 중심에 가닿으셨기를 진정 바라며.

마음의 뒷문

P.S

"당신의 마음은 어디에 위치해 있나요?"

– 조종하 올림 –

즐거워 보여도 슬픔을 삼키는 사람이라

지 은 이   조종하
펴 낸 이   김성태
디 자 인   송은혜
펴 낸 곳   이상공작소

초판 1쇄   2022년 2월 22일
출판등록   2019년 7월 12일 제376-2019-000058호
주   소   경기 수원시 장안구 수성로303번길 32-13(정자동)
전자메일   idealforge@naver.com
홈페이지   blog.naver.com/idealforge
전화번호   050-6886-0906
팩스번호   050-4404-0906
페이스북   facebook.com/idealforge
인스타그램   @ideal_forge

ISBN 979-11970938-1-38
ⓒ 조종하, 2022, Printed in Korea